共和国故事

净化社会

——全国开展扫黄与净化文化市场行动

李 琼 编写

吉林出版集团股份有限公司

图书在版编目（CIP）数据

净化社会：全国开展扫黄与净化文化市场行动/李琼编. —长春：吉林出版集团股份有限公司，2009.12

（共和国故事）

ISBN 978-7-5463-1900-1

Ⅰ.①净… Ⅱ.①李… Ⅲ.①纪实文学－中国－当代 Ⅳ.①I25

中国版本图书馆CIP数据核字（2009）第237740号

净化社会——全国开展扫黄与净化文化市场行动
JINGHUA SHEHUI　QUANGUO KAIZHAN SAOHUANG YU JINGHUA WENHUA SHICHANG XINGDONG

编写	李琼
责任编辑	祖航　蔡大东
出版发行	吉林出版集团股份有限公司
印刷	三河市嵩川印刷有限公司
版次	2010年1月第1版　　2022年1月第8次印刷
开本	710mm×1000mm　1/16　　印张 8　字数 69千
书号	ISBN 978-7-5463-1900-1　　定价 29.80元
社址	吉林省长春市福祉大路5788号
电话	0431－81629968
电子邮箱	tuzi8818@126.com

版权所有　翻印必究

如有印装质量问题，请寄本社退换

前　言

　　自1949年10月1日中华人民共和国成立至今,新中国已走过了60年的风雨历程。历史是一面镜子,我们可以从多视角、多侧面对其进行解读。然而有一点是可以肯定的,那就是,半个多世纪以来,在中国共产党的领导下,中国的政治、经济、军事、外交、文化、教育、科技、社会、民生等领域,都发生了深刻的变化,中国人民站起来了,中华民族已屹立于世界民族之林。

　　60年是短暂的,但这60年带给中国的却是极不平凡的。60年的神州大地经历了沧桑巨变。从开国大典到60年国庆盛典,从经济战线上的三大战役到经济总量居世界第三位,从对农业、手工业、资本主义工商业的三大改造到社会主义市场经济体制的基本确立,从宜将剩勇追穷寇到建立了强大的国防军,从废除一切不平等条约到独立自主的和平外交政策,从"双百"方针到体制改革后的文化事业欣欣向荣,从扫除文盲到实施科教兴国战略建设新型国家,从翻身解放到实现小康社会,凡此种种,中国人民在每个领域无不留下发展的足迹,写就不朽的诗篇。

　　60年的时间在历史的长河中可谓沧海一粟。其间究竟发生了些什么,怎样发生的,过程怎样,结果如何,却非人人都清楚知道的。对此,亲身经历者或可鲜活如昨,但对后来者来说却可能只是一个概念，对某段历史的记忆影像或不存在，或是模糊的。基于此，为了让年轻人，特别是青少年永远铭记共和国这段不朽的历史，我们推出了这套《共和国故事》。

《共和国故事》虽为故事，但却与戏说无关，我们不过是想借助通俗、富于感染力的文字记录这段历史。在丛书的谋篇布局上，我们尽量选取各个时代具有代表性或深具普遍意义的若干事件加以叙述，使其能反映共和国发展的全景和脉络。为了使题目的设置不至于因大而空，我们着眼于每一重大历史事件的缘起、过程、结局、时间、地点、人物等，抓住点滴和些许小事，力求通透。

历史是复杂的，事态的发展因素也是多方面的。由于叙述者的视角、文化构成不同，对事件的认知或有不足，但这不会影响我们对整个历史事件的判断和思考，至于它能否清晰地表达出我们编辑这套书的本意，那只能交给读者去评判了。

这套丛书可谓是一部书写红色记忆的读物，它对于了解共和国的历史、中国共产党的英明领导和中国人民的伟大实践都是不可或缺的。同时，这套丛书又是一套普及性读物，既针对重点阅读人群，也适宜在全民中推广。相信它必将在我国开展的全民阅读活动中发挥大的作用，成为装备中小学图书馆、农家书屋、社区书屋、机关及企事业单位职工图书室、连队图书室等的重点选择对象。

编　者
2010年1月

目录

一、中央决策行动

李瑞环传达中央扫黄指示/002

国务院召开会议作出部署/007

李瑞环出席沿海四省座谈会/012

全国各地积极宣传扫黄政策/016

二、扫除精神污染

成都等地扫黄行动初战告捷/020

北京天津取得显著成果/023

各界人士拥护中央行动/026

沿海四省深入开展扫黄行动/032

福建石狮捣毁淫秽窝藏点/035

海南双管齐下大力扫除黄害/040

杭州市彻底销毁精神鸦片/043

广东省严厉打击卖淫嫖娼活动/046

公安机关配合各部门扫黄/054

中国海关严防黄色制品流入/058

三、掀起扫黄高潮

浙江温州掀起扫黄热潮/062

目录

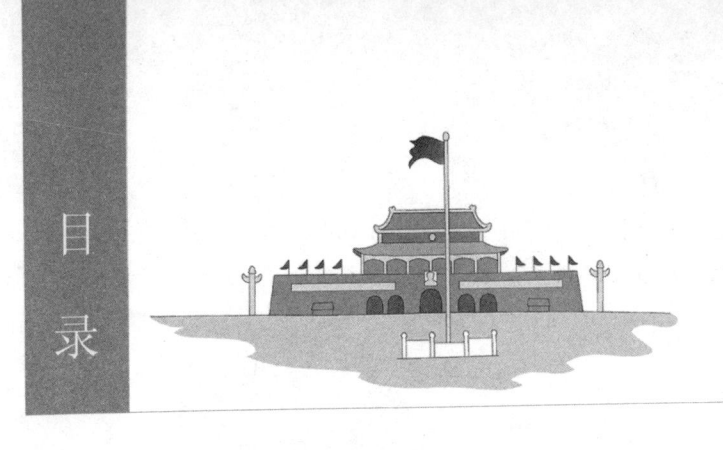

公安机关教育感化贩黄者/069

首都各界座谈揭露黄毒危害/075

李瑞环说扫黄是长期任务/081

隆重召开全国扫黄工作会议/089

确定再次深入开展扫黄运动/095

各地既抓扫黄又抓文化繁荣/099

各地坚持大力扫黄净化文化市场/102

四、树立文明新风

青岛采取措施巩固扫黄成果/108

金乡老人扫黄队按时上岗/113

扫黄行动彻底改变温州面貌/116

一、中央决策行动

- 李瑞环说：要彻底查清和整顿书刊和音像市场，这些"精神鸦片"一经发现，就要坚决收缴销毁。

- 李瑞环明确提出：对"扫黄"问题要下决心、下力量抓出成效，绝不手软！

- 李铁映强调指出：整顿清理书报刊和音像制品市场，关系到社会安定，关系到社会主义精神文明建设。

李瑞环传达中央扫黄指示

1989年7月17日,全国宣传部长会议在北京西山隆重召开。

各省、自治区、直辖市党委宣传部部长和首都主要新闻、文化、出版单位的负责人出席会议。

当时,刚刚当选为中共中央政治局常委的李瑞环主管意识形态工作。他在这次会议上发表重要讲话。

李瑞环说:

> 目前,传播色情淫秽、暴力凶杀、封建迷信等庸俗低级的书刊和音像制品泛滥成灾、屡禁不绝,造成严重的精神污染,毒害人们的灵魂,腐蚀青少年一代。要彻底查清和整顿书刊和音像市场,这些"精神鸦片"一经发现,就要坚决收缴销毁。

在李瑞环座位的旁边,坐着刚刚当选为中共中央总书记的江泽民和国务院总理李鹏。

显然,李瑞环的这些话不仅仅是他个人的意见,而且是中国最高决策层发出的号令。

接着,李瑞环传达中共中央政治局常委的"扫黄"

指示，他明确提出：

> 对"扫黄"问题要下决心、下力量抓出成效，绝不手软！

会上，李瑞环用响亮的声音，向大家发出号召：

> 彻底扫除反动的、黄色的出版物和音像制品！

黄色淫秽象征腐化堕落，任何一个国家，不禁止黄色淫秽物品泛滥，民族素质的提高，社会秩序的维持，道德文明的建设都无从谈起。

中国大陆黄色淫秽物品泛滥始于20世纪80年代中期，基本是从沿海到内地，从城市到农村，从公共场所到家庭，由小到大，由少到多，由低到高，由点到面蔓延开来的。

从1983年开始，警方就接连不断地开始了"扫黄打非"行动。

然而，黄色淫秽物品随着商品经济大潮奔涌，不仅屡禁不绝，反而像割韭菜一样越割越冒，越冒越多。

当时，多数制黄贩黄犯罪分子行动极为诡秘，加之全社会的强化四项基本原则和"两个文明"建设教育、黄色淫秽物品市场在数年内不"景气"，黄色淫秽物品基本转入地下渠道。但随着市场经济大潮的崛起，传播、运输载体的日益现代化，制黄贩黄的犯罪分子特别是犯罪团伙向"集约化经营"方向发展，黄浪浊流不时"回潮"，再度呈现三大新趋势：从品种和质量上看，向高、精、全发展。

1988年9月10日，公安部、新闻出版署发出《关于继续查缴淫秽出版物和非法出版物的通知》。

"通知"指出：

> 最近以来，各地新闻出版、公安部门根据国务院指示，在查缴淫秽、色情出版物，打击非法出版活动中，采取了有力措施，做了大量的工作，严惩了违法犯罪分子，使图书市场的秩序有了一定的好转。但是，在一些城市中，已经明令查禁的淫秽、色情出版物仍在高价出售，非法出版活动又有所抬头，给社会带来严重危害。

为深入贯彻中央关于查禁淫秽、色情出版物和严厉打击非法出版活动的精神，进一步做好这项工作，"通知"指出：

一、各地接到通知后，请即向党委、政府汇报，会同本地工商、广播电影电视、文化、市场管理、财政、税务等有关部门，继续做好对已通知查禁的淫秽、色情出版物及停售的非法出版物的查缴工作，坚决制止其继续传播。

二、各地应利用各种形式，宣传国家关于查禁淫秽、色情出版物和非法出版物的法规，对主动交出淫秽、色情书刊和非法出版物者，可视情不追究其责任（正式出版社出版的这类书刊，经济损失由该出版社承担）。对隐匿不交，继续从事翻印、批发、销售、出租淫秽、色情书刊和非法出版物的单位和个人，没收其全部淫秽、色情书刊和非法出版物，处以所印、所售、所租图书总金额二十倍以上罚款，并建议工商部门吊销其营业执照。触犯刑律者，依法追究其刑事责任。

三、各地要进一步采取有效措施，如设立检举电话、信箱，鼓励群众对从事淫秽、色情书刊和非法出版物传播活动的单位和个人进行检举。凡检举属实者，要在确保检举人安全的前提下予以表扬，并给予适当的物质奖励。奖金来源由新闻出版局与当地财政、工商等有关部门协商从罚款中解决。

四、各地在查缴工作中，要特别注意当前淫秽、色情出版物和非法出版物在制作、传播中行动隐蔽、手段多变等特点，采取相应对策，互通信息，及时查证，果断行动，严厉打击传播淫秽、色情出版物和非法出版的违法犯罪活动，请各地将查缴情况及时报告新闻出版署和公安部。

到20世纪90年代初，几乎是淫秽录像带、录音带、报刊、书籍、画片、扑克等一齐泛滥。由黄毒泛滥诱发的赌博、走私、吸毒、卖淫嫖娼、流氓盗窃、抢劫等社会丑恶现象和刑事犯罪活动，形成了滚滚黄浪浊流，猛烈冲击着中华民族道德文明堤坝，成为败坏社会风气、毒害青少年、破坏社会安定的一大公害。因此，一场席卷神州大地的"大扫黄"势在必行。

国务院召开会议作出部署

1989年8月24日，党中央、国务院召开的全国整顿清理书报刊及音像市场电话会议要求，各级党委和政府进一步动员起来，加强领导，严格执行政策，精心组织，集中力量在国庆节前对书报刊和音像市场进行一次全面的整顿、清理，一手抓"扫黄"，一手抓繁荣文艺，以文化市场健康、繁荣的崭新面貌，迎接国庆40周年。

中共中央政治局常委、书记处书记李瑞环，中共中央政治局委员、国务委员李铁映出席会议并讲话。中共中央政治局候补委员、书记处书记丁关根主持会议。

出席这次全国电话会议北京主会场的，有十几个中央有关部委和北京市的负责人，出席各省、自治区、直辖市分会场的，有各省区市党委和政府的主要负责人及有关厅局的负责人。

会议指出，十三届四中全会以来，各地认真开展了整顿清理书报刊及音像市场的工作，"扫黄"取得了初步成效。为了及时交流情况，总结经验，进一步明确政策，把"扫黄"工作引向深入，党中央、国务院召开了这次电话会议。

李铁映在会上就充分认识整顿、清理书报刊和音像市场的必要性，整顿清理的重点和工作部署，以及加强组织领导、各方协商配合等问题发表了意见。

李铁映强调指出：

> 整顿清理书报刊和音像制品市场，关系到社会安定，关系到社会主义精神文明建设，关系到青少年一代的健康成长，关系到国家的长治久安。我们必须从这样的高度来认识，抓住当前的有利时机，把这项工作一抓到底，抓出成效。

他说，整顿、清理书报刊及音像市场，清除各种"精神毒品"和"文化垃圾"，创造良好的社会风气和社会环境，是保证改革开放顺利进行的一个重要条件。我们将继续坚定不移地坚持文艺"为人民服务、为社会主义服务"的方向和"百花齐放、百家争鸣"的方针，努力促进文化艺术的进一步繁荣。

李铁映指出，查禁"精神毒品"，扫除"文化垃圾"，依法管理好书报刊及音像市场，是一项长期的文化建设任务。这次清理的重点，是取缔宣扬淫秽、色情、凶杀、暴力的出版物，就是人们通常所说的"扫黄"。按规定应当取缔的出版物，各地要立即采取措施予以封存，以净化市场。同时，按照规定的权限和谁主管谁负责的原则，由有关部门尽快确认定性，通报全国查处，化浆销毁，并报中央有关部门备案。

对市场上查出的问题，要顺藤摸瓜，进一步追查有关的出版、印制单位及其领导者的责任，要区别情况，分别予以批评教育和经济的、行政的处罚，触犯法律的必须依法追究法律责任，是党员的必须依照党规党纪处理。

在整顿、清理的同时，对现有报刊和出版社要整顿，解决过多过滥的问题，着重提高质量，力求布局合理。对销售书报刊的集体、个体单位要进行全面清理。整顿、清理书报刊及音像市场，必须严格掌握政策，依法办事。

李铁映要求：

> 整顿、清理书报刊及音像市场的工作，涉及党委和政府的许多部门。为了把这项工作做好，一定要加强组织领导。现已成立了全国整顿清理书报刊及音像市场工作小组，具体负责这项工作的组织、协调。各省、自治区、直辖市党委应当确定一位主要负责同志亲自挂帅，并且成立相应的班子来抓，在党委和政府的统一领导下，协调各个方面的力量，共同做好这项工作。

在这次全国电话会议上，李瑞环指出，整顿、清理书报刊和音像市场，要充分发动社会各方面的力量，工会、共青团、妇联等群众团体要积极行动起来，教师、学生家长和各界群众也要动员起来，积极配合有关部门的清查整顿，自觉抵制"精神毒品"的传播。报刊、广播、电视等新闻舆论机构，要揭露各种淫秽色情出版物、反动出版物所造成的严重危害，宣传整顿、清理工作的必要性和迫切性，宣传中央的有关政策，以动员广大群众，震慑违法犯罪分子。

李瑞环就如何加强领导问题做了重要讲话。他说：

> 各级党委要高度重视。"扫黄"是广大群众普遍关心、坚决要求办好的一件大事。这次整顿清理书刊和音像市场，必须查禁宣扬资产阶级自由化的反动政治书籍，但当前的重点是"扫黄"，即清查和取缔各种宣传淫秽、色情、暴力和封建迷信的出版物和音像制品。淫秽书刊和音像制品的泛滥，既是资产阶级自由化思潮泛滥的结果，又为资产阶级自由化的泛滥起了推波助澜的作用。"扫黄"是反对资产阶级自由化斗争的一个组成部分。以全心全意为人民服务为宗旨的各级党委和人民政府，务必体察民意，顺乎民心，充分认识黄色书刊、音像制品的危害性和"扫黄"的必要性，态度坚决、毫不手软地把这件事情抓好。

李瑞环指出，要认真掌握政策界限。"扫黄"这件事，能不能搞好，达到预期目的，取决于搞准，即明确是非界限，严格执行政策。当前，要注意两个方面：还没有发动起来的地方，领导务必深入动员，克服各种阻力，尽快形成"扫黄"局面；已经发动起来的地方，要认真掌握政策界限，防止和避免乱扫一气。

中央要求各地区、各部门既要态度坚决，又要从一开始就注意政策，做到了这两条，我们就能取得"扫黄"工作的胜利。

李瑞环最后强调，要把"扫黄"同繁荣文艺、活跃群众文化生活结合起来。"扫黄"的目的是为了繁荣文艺，而不是打击文艺。只有把文艺繁荣起来，把群众文化生活活跃起来，群众才能真正满意，"扫黄"成果才能真正巩固。今年10月1日，是国庆40周年，我们要围绕庆祝建国40周年，一手抓"扫黄"，净化社会环境；一手抓繁荣，活跃文化生活。各种舆论手段和文化阵地，要充分报道和反映建国40年来的巨大变化，理直气壮地宣传党领导下的社会主义各项事业取得的辉煌成就。要提供更多健康向上、丰富多彩、生动活泼的文化生活，不断满足人民群众日益增长的文化需求。

北京市副市长何鲁丽、上海市委副书记陈至立、广东省副省长卢钟鹤、湖南省副省长王向天、山西省委副书记王茂林，分别在本地会场介绍前段工作的情况、经验和下一步打算。

8月底，中共中央成立全国整顿清理书报刊和音像市场工作小组。

李瑞环出席沿海四省座谈会

1989年9月13日，中共中央政治局常委、书记处书记李瑞环出席南方沿海四省"扫黄"座谈会。

这次座谈会是9月10日至11日在广州召开的，是8月24日全国"扫黄"电话会议以后，检查重点地区的贯彻情况，进一步狠抓落实的工作会议。

参加座谈会的广东、福建、浙江、海南省的负责人介绍了"扫黄"工作的情况和打算。国务院副秘书长、全国整顿清理书报刊及录像市场领导小组组长刘忠德、中央宣传部副部长李彦、国家新闻出版署副署长刘杲出席座谈会并发了言。

李瑞环主持座谈会并在会上做重要讲话。李瑞环强调，"扫黄"工作已在全国范围内全面铺开，必须乘势而上，加强领导，抓紧落实，把工作引向深入。

在谈到全国"扫黄"工作进展情况的时候，李瑞环指出：

各级领导对这项工作都很重视，大多数地区都由党政负责同志亲自挂帅，做了大量的工作。广大群众一致表示坚决拥护与热烈支持，已初步形成了"扫黄"的气候。各地区、各部门对政策界限掌握得比较稳,"扫黄"工作发展健康,势头比较好。但是,这项工作刚刚开始,对成绩不可估计过高。当务之急是,各级领导要再加一把劲,乘势而上,把工作抓紧抓实。"扫黄"是当前贯彻党的十三届四中全会精神的一项重要任务,对于反对资产阶级自由化,搞好社会主义精神文明建设,以及保证改革开放的健康发展,都具有重要的意义。我们一定要一抓到底,取得实效,防止半途而废。

李瑞环说：

我们的许多事情常常是失之于抓得不实。当前"扫黄"的关键,是克服某些领导干部的飘浮作风,加强具体指导。有关领导同志要深入"扫黄"第一线,进行一次认真的检查,对发现的问题及时采取措施,一件件地加以解决。要进一步发动群众关心、支持这项工作,并与专门力量结合起来,形成拒黄光荣、嗜黄可耻、贩黄有罪的强大社会舆论,造成黄色的东西一露头,就"老鼠过街,人人喊打"的局面。宣传、文化、出版、工商、税务、公安、海关、边防、教育等部门和群众团体要齐心协力,从全局出发,积极主动承担任务。各级党委和政府要统一领导,做好组织协调工作。

李瑞环接着指出:当前,"扫黄"工作的重点是集中力量解决"黄源"问题。一些沿海地区的城镇,大量走私和制作淫秽录像、书刊,推销到内地,祸害全国,必须下决心拔掉这些"黑据点"。沿海和内地的一些出版社、印刷厂和书商,大量编辑出版、印刷不堪入目的淫秽读物、低级庸俗读物和黄色录像带,并且有一套组织严密的地下发行网络,对此必须彻底加以整顿。坏书要收缴封存,出版社、印刷厂要关闭,责任者要查处。各地各单位都要结合实际,研究确定自己的重点。

李瑞环要求各地要抓一批"扫黄"案例。对那些具有典型意义的案例要抓紧严肃处理,并大张旗鼓地加以宣传,以显示领导的决心,鼓舞群众,震慑坏人。要认真贯彻党的"坦白从宽,抗拒从严"和"立功者赎罪,立大功者受奖"的政策,既要坚决扭转过去那种以经济处罚代替法律惩办和重罪轻判的偏向,把犯罪分子的嚣张气焰打下去;又要对那些坦白自首、认罪态度较好的人从宽处理,给以出路,尽可能地教育和挽救更多的人。

李瑞环再次强调:

在狠抓"扫黄"的同时,要抓好繁荣文艺和活跃群众文化生活,用健康的、群众喜闻乐见的东西来占领群众思想文化阵地。这是更加繁重的任务，必须下力量认真解决好。国庆40周年的宣传和文艺活动，各地已做了大量工作，希望精心再精心，力争使更多的群众高兴、满意。

在广东期间，李瑞环还分别由林若、叶选平等省委负责人陪同，到广州、佛山、中山、珠海、深圳等地就两个文明建设问题进行了考察。

李瑞环说：

党的十一届三中全会以来，广东变化很大，发展很快，证明了改革、开放的方针是完全正确的。我们讲坚持四项基本原则，强调"扫黄"，打击经济犯罪，是有利于改革开放的，改革开放是历史的趋势，人民的愿望，也是克服困难、推进现代化建设的根本出路。

李瑞环还饶有兴趣地参观了广州南华西街精神文明建设和深圳华侨城锦绣中华微缩景区。他指出，对外开放地区，特别要注意抓好社会主义精神文明建设。提高人民素质，弘扬民族文化，不仅能够抵制淫秽、低级庸俗东西的冲击，而且有助于创造一个良好的社会环境，保证改革、开放的健康发展。

全国各地积极宣传扫黄政策

1989年7月,中央作出"扫黄"的决定以后,全国各地各级政府把取缔宣扬淫秽、色情、凶杀暴力的出版物作为"扫黄"战争的重点,积极宣传中央的扫黄政策。

在当时,在神州大地,处处可见宣传"扫黄"的巨大标语、横幅。专栏橱窗、电影院的幻灯都报道了"扫黄"斗争的重要意义,许多有关"扫黄"的宣传材料也通过当地干部、工作队队员之手,及时送到群众手中。

经过各级政府和"扫黄"工作队的大力宣传,全国各地的干部和群众在思想上都受到了很大的震动。

湖北省的一个基层干部十分欣慰地说:

如果听任黄色书刊、录像泛滥下去,这些文化垃圾将会给祖国的下一代造成极大的危害,也会影响到我国的社会主义建设,现在中央作出扫黄的英明决策,我举双手赞成。

还有的干部说:

如果不消除"黄毒",我们的子女就会深受"黄毒"之害,那将会后患无穷。党中央这次作出的扫黄决策，利国利民，是真正在为人民群众办好事，大家都很欢迎。

有些群众深有感触地说：

黄书黄带子祸国殃民，是社会的一大公害。现在中央要扫黄，我们都很高兴。我们一定要以自己的实际行动支持政府的扫黄工作。

黄贩子传播"黄毒"是有一定市场的。一些人精神空虚，追求刺激，所以黄贩子就推销这些描写与性有关的书，去迎合他们追求资产阶级生活方式的心理。可见，不但要严厉打击"制黄""贩黄"分子，还要查处那些喜欢看黄色书刊、黄色录像带的人，开展全民性的教育，只有这样，扫黄工作才能取得理想的效果。

"扫黄"行动开始以后，广大人民群众以高度的热情，主动、积极地投身到"扫黄"斗争的行动中。他们积极向"扫黄"工作组举报卖淫嫖娼等线索，有些群众还亲自扭送卖淫嫖娼人员到派出所。

在人民战争的汪洋大海里，有不少曾经从事制黄、贩黄活动的不法分子惶惶不可终日，他们在万般无奈之下，主动前来投案自首。

8月1日，呼和浩特市政府组织公安、文化、工商、市容等部门，认真清理整顿文化市场，收缴一批黄色书刊、录像带、赌具、违禁物品，一些犯罪分子落入法网。广大市民为此拍手称快。

由于一些不法分子趁机活跃起来，黄色书刊、淫秽物品陆续流入这个边疆城市，赌博等丑恶现象也屡禁不绝。早在7月24日，呼和浩特公安即根据市政府的指示，会同各有关部门负责人对新华广场进行了清理整顿，同时也对大街小巷进行了认真的清查。

市公安局抓获赌博犯，破获传播淫秽物品案件，查获黄色录像带、淫秽书刊，并查封各种待查书刊。

8月3日，持续3天的天津市大规模的"扫黄"战收到了显著成效，书刊市场得到了明显的净化。

从7月28日开始，天津市委、市政府组织公安、工商、文化等部门，认真清理整顿书刊及音像市场。共清查687个书刊摊点和近千个音像销售网点，没收国家明令查禁的书刊及非法出版物，查封书刊，没收录音带、录像带，封存音像带，取缔无照摊点等。

从7月15日开始，长沙市组织100多名公安、工商、城管、文化和广播电视部门的执法人员，对书刊、音像销售摊点全面进行检查和清理，收缴了宣传资产阶级自由化及有淫秽内容的非法出版物、录音带、录像带；对销售违禁书刊的长沙市邮政局五一路支局书刊发行站处以罚款500元，并责成其写出检查；公安部门收审了3名外地来长沙经营违禁书刊的人员。

二、扫除精神污染

● 国家新闻出版署负责人说：近年来出现的"文化垃圾"充斥于市场的混乱状况，开始有了初步改善！

● 全国总工会书记处书记于庆和说："扫黄"是利国、利民之举。

● 中国出版工作者协会主席王子野说：千万不能像以往那样"一阵风"，要有长期战斗的准备，眼下亟须有关法规、条例尽快出台。

成都等地扫黄行动初战告捷

1989年7月28日上午,公安部门小汽车闪着红色警灯,飞快地驶出四川省新闻出版局大院。

一辆辆大客车紧紧跟随着这辆公安小车。大客车上满载着稽查队员,他们的胸口都佩戴着"四川文化稽查队"的红色徽章。

警灯闪烁!警笛嘶鸣!响亮的警笛声划破了长街的沉寂。

这次,四川文化稽查队将对成都市忠烈祠街、大墙街等主要书刊批发市场进行一次突击性清查。

一场对四川省内的黄色书刊和音像制品的大围剿,在全市拉开了序幕。

四川文化稽查队兵分三路。稽查车辆驶出大院后,就按照预定方案各奔东西,迅即开向预定目标。

指挥员果断地作出战斗部署:"快!把大墙街东西两头的路口都封住。凡是拿有书刊的摊贩,一律都要检查,黄书一律扣下!其余的,分成若干小组,从东到西,逐店检查!"

稽查队员迅速封住路口。把守路口的稽查队员犹如警惕的哨兵。他们把企图夺路而出的摊贩拦在口内,就地拆包检查。

四面八方的行人围拢过来,他们十分兴奋地观看着这一场特殊的战斗。

街内,一家家书店还在进行书刊交易。一些经营黄色书刊的老板们没有料到会有这么一场闪电般的突击清理。他们猝不及防,还没有来得及转移那些难见天日的淫秽书刊,犹如神兵天降的稽查队员就已经出现在他们面前。

稽查队员神情郑重地对老板们说:"我们是文化稽查队。请你们暂时停止交易,我们要检查一下书刊。"

有些老板立刻变了脸色,他们有些不情愿地说:"这些书是刚进的,没啥子问题。"

稽查队员态度十分坚定地说:"刚进的也要查。全部清查!"

稽查队员按照事先的部署,一店不隔、一书不漏地清查起来。他们查完店堂,又奔书库。果然,他们发现了一些淫秽书刊。他们把这些书甩到老板面前,十分严肃地问:"没问题,这是什么!"

老板羞愧地低下了头。

在检查过程中,有些老板大吵大闹,拒绝检查;有些甚至故意让书库黑灯瞎火,以便干扰检查。稽查队员坚决执行命令,克服困难,排除干扰,一查到底。

稽查队员艰苦奋战,他们连续工作3天,把全市的批发集市、书店、书摊、邮亭都检查了一遍。

8月1日,全市最大的集体批发书店"希望书店",

主动将上万册待查书刊上交。这宣告四川省开展的扫黄工作取得了令人欣喜的成绩。

与成都市行动的同一天,贵阳市也开始对全市书刊批发业进行大清查。

这天深夜,贵阳市的大小商店和饭馆关门打烊,在外乘凉的游人也回到家里睡觉。

大街上行人稀少,一片沉寂。

"出发!"随着副市长吴志刚的一声号令,整装待命的稽查队员迅速登上汽车、大客车、卡车。这些车辆从机关大院鱼贯而出,快速行驶到大街上。

这次执行任务的稽查队伍由市公安局、工商局、文化局等部门的人员组成。这支队伍由吴副市长和公安局、工商局局长直接指挥。

在此之前,贵阳市的主要领导已经对清查工作作出周密部署。市长王奉亭亲自做了动员工作。

"分头行动,各自开向预定地点!"随着指挥员低沉有力的命令,稽查队伍开始奔赴城区的四面八方,对各个批发店、地下书库进行清查。

这一夜,这支稽查队伍一举查获了4家地下书库和一些无照经营户,查封书刊3.5万册。

8月21日,国家新闻出版署举行新闻发布会,有关部门负责人向记者通报了一个多月来的"扫黄"战况。这位发言人十分欣慰地说:"近年来出现的'文化垃圾'充斥于市场的混乱状况,开始有了初步改善!"

北京天津取得显著成果

1989年8月25日,北京市召开会议,对进一步清理整顿书报刊和音像市场作出具体部署,努力促进首都的社会主义精神文明建设。

当时,市政府虽然每年开展全市性的"扫黄"及打击非法出版物的活动,但问题屡禁不止。

当年7月以来,全市出动2000多人次,检查书刊市场200余次,收缴书刊4.3万多册,从印刷厂查获销毁37.7万多册,封存书刊10万多册,报纸6.9万多张。书刊市场有所好转,然而,仍然存在不少问题。

副市长何鲁丽在讲话中就此提出:

进行一次全市规模的大检查,以区县为单位,分片包干,在自查的基础上,根据文件规定的查处范围,对本地区所有的书店、书摊、书亭,销售音像制品的国营、集体商店,个体摊商及录像放映点逐一进行检查。

与此同时,天津市发动群众深入"扫黄",取得了显著成效。

7月下旬开始,天津市有关部门采取多种措施大造舆论，积极引导群众提高认识。这些舆论宣传使一些书刊及音像经营单位和个人受到了教育，他们不仅不再购进黄色出版物，有的还主动封存或上缴查禁的书刊。

为了增强群众的参与意识，有的区还建立了区、街、居委会"三级举报网"。在群众的支持帮助下，天津市"扫黄"战果可观。

自7月28日至8月6日，共收缴淫秽物品2万多件，摧毁流氓团伙92个，查获犯罪分子1400多人。

在查禁黄色书刊的同时，天津市各区县还积极扩大工厂、学校、街道等图书馆网络，向广大群众提供健康的精神食粮。

为了配合全国各地的"扫黄"工作，8月18日，《人民日报》发表题为《"扫黄"何须用火烧》的评论文章。文章指出：

在目前对文化市场的清理中，不少地方将收缴的黄色书刊付之一炬，以示"彻底"。记者认为，扫黄并非"烧黄"，与其把这些书刊当废纸烧掉，不如把它毁作纸浆重新利用。

文章指出：

目前全国各地清理出几万、几十万册非法出版物、淫秽书刊及录音录像制品，深得广大群众的欢迎。清理中，不少地方把收缴来的黄色书刊堆在一起一把火烧掉，场面着实壮观，体现出了当地政府对"黄祸"的憎恨。但与此同时，人们似乎忽视了另一个问题，就是大量纸张的浪费。

文章认为：我国当前纸张紧缺，价格大幅度上涨，有的地方甚至出现小学生教材赶印不出来的情况。因此，烧书并非良策。假若把这些书刊严格管理起来，并加以回收，作纸浆重新利用，将给国家带来很大益处。

扫除精神污染

各界人士拥护中央行动

1989年8月27日,陕西省委、省政府决定将"扫黄"的罚没收款项,全部用于扶植优秀图书出版和"扫黄"办案经费。

这项决定,是省委副书记牟玲生在26日晚全省"扫黄"电话会议上宣布的。

一个时期以来,陕西省一些出版单位出版优秀书籍的经费严重不足,文化市场上"黄书""黑书"泛滥。

为了改变这种状况,省委、省政府除了采取进一步的措施整顿出版内容、增加优秀图书出版经费外,决定将处理违反出版规定的各类案件的罚没收款的70%,用于补充宣传革命理想和社会主义思想道德、弘扬民族优秀文化遗产的优秀读物和学术著作出版基金,将罚没收款的30%用于"扫黄"办案经费。

8月28日,首都各界人士聚会座谈整顿清理书报刊及音像市场时表示:坚决拥护党中央、国务院的部署,一定要协同作战,彻底清除各种"精神毒品"和"文化垃圾"。

这次座谈会由新闻出版署主办。

在这次会上,大家各抒己见。全国总工会书记处书记于庆和说:

"扫黄"是利国、利民之举。面对淫秽色情出版物泛滥成灾的状况,许多职工家庭忧心忡忡。这一社会公害早就该铲除了。

他介绍了总工会新近制定的一些具体措施后强调:

必须十分审慎地把握政策,不能干涉职工正常的生活和文化爱好,扫除坏的,是要发展好的,与此同时,要设法拓宽职工文化生活领域。

国家教委条件装配司副司长马樟根在发言中介绍了一些触目惊心的事实。他说:

近几年,大学生中出现了一些不良倾向。固然,这同政治思想工作的被削弱有关,但反动、黄色书刊的影响也不能低估。中学教师们将这类书刊比作"杀人不见血的刀"。一个初中班原是区里的先进集体,黄色书刊在班上悄悄流传后,班风迅速变坏,一年内竟有4人留级、1人犯罪。

团中央书记处书记李源潮认为,"扫黄"行动为优化青少年成长环境创造了有利条件。根据他的调查,黄色书刊及录像直接诱导青少年犯罪。尽管这几年开展过"查禁""严打"等活动,但收效不大。他说:

> 书报刊及音像市场的改观不能只靠行政手段,还要靠经济、法律等手段综合治理,以求从根本上解决问题。

全国妇联书记处书记关涛称"扫黄"深得人心,尤其是深得母亲、妇女之心。全国妇联号召广大妇女自觉投身这场斗争。

全国个体劳动者协会副会长费开龙提出,清理整顿的关键是堵塞污染源。

中国出版工作者协会主席王子野总结这几年"扫黄"的经验教训时说:

> 千万不能像以往那样"一阵风",要有长期战斗的准备,眼下亟须有关法规、条例尽快出台。

国务院副秘书长刘忠德在发言中说,铲除"文化垃圾"要靠全社会的共同努力,希望社会各界和每个家庭都来关心支持清理整顿工作,自觉抵制各种"精神毒品",希望各人民团体及有关部门紧密配合,协同作战,将文化市场管理好。

9月4日,《人民日报》发表题为《体察民意,认真"扫黄"》的文章。文章指出:

"扫黄"的必要性,态度坚决、毫不手软地把这件事情抓好。作为文化领域里波及面甚广的音像制品市场,一段时期以来,充斥着为数不少的各种淫秽、色情的和宣扬暴力凶杀、封建迷信等内容的劣品,严重地毒害听众和观众,尤其是青少年的心灵,起了破坏社会安定、损害改革和对外开放的声誉的坏作用,真可以说达到了泛滥成灾的地步。因此,坚决、彻底地整顿和治理音像出版事业和市场,确实是势在必行了。

在当时,多数音像出版单位都是在缺乏必要的文化投资的情况下仓促上马的,尽管他们确实也生产了一批好的和比较好的音像制品,但为数不少的产品却程度不同地有悖于建设社会主义精神文明和提高人的文化素质的方向。人们已经尖锐指出,一些内容灰暗、情绪消沉、格调低下的录音歌曲盒带,或无病呻吟,或歇斯底里,已经在侵蚀青少年的心灵、涣散人们的革命意志。至于国内出版的900余种录像盒带中,国产版权的约占三分之二,海外版权的约占三分之一;但发行盒数正好相反,即国产版权的仅占三分之一,而海外版权的却占了三分之二。

更值得注意的是，遍布全国城乡的5万多个营业性的录像放映点，近万个办有闭路电视系统的机关、厂矿、宾馆，以及400万部左右的进入家庭的私用录像机所播放的录像盒带，大都是进口的海外产品。

这种进口出版的海外录像盒带虽然只有300余种，但发行量却超过了20万盒。无论是进口的还是国产的录像盒带，内容上绝大多数都属情杀、武打、侦破、歌舞、警匪之类。加上还有由于管理不严靠走私流入的海外色情录像盒带和国内非法翻制、出版的同类劣品，或暗中流传，或黑市倒卖，其流通盒数并不亚于正式出版量，其对观众的危害和对音像市场的骚扰，都是不可小视的。

因此，为了有利于社会主义精神文明的建设和青少年的健康成长，从音像出版到音像市场管理，都亟待认真整顿和治理。

文章指出，整顿和治理音像出版和音像市场，还必须采取切实有力的相应措施：

其一，严格把好音像制品的编辑、出版关……

其二，要坚决整顿音像市场，彻底"扫黄"……

其三，要加强对遍布城乡的营业性录像放

映点和办有闭路电视系统的单位的管理，对于播放节目要坚持思想内容健康、有益于丰富人民群众文化生活的原则，坚决制止播放反动、淫秽的录像盒带。

其四，要发动全社会特别是理论批评界关注音像制品的出版和发行，应通过评奖、评介等方式引导音像出版事业健康发展，并及时地向人民群众推荐佳作，促使优秀的音像制品产生良好的社会效益。

文章认为，应注意提高编辑队伍的思想、业务素质，正确处理好社会效益与经济效益的关系，坚持把社会效益放在第一位。对于音像出版中的"协作"出版尤应注重质量把关。

同时，鉴于进入家庭的私用录像机主要的节目源是靠租借，因此，对城乡的营业性的录像盒带租借点必须进行整顿，加强管理。

沿海四省深入开展扫黄行动

1989年9月底,对于淫秽出版物屡禁不止的广东、福建、浙江、海南四省,"扫黄"工作已初见成效。大批黄色书刊和音像制品被查禁,一些专门兜售淫秽出版物的销售点被取缔,一些制黄、贩黄的地下网络和印刷厂被破获和查处。

9月10日、11日,中共中央政治局常委李瑞环南下广州,亲自主持召开了沿海四省"扫黄"工作座谈会。在这以后,四省党政负责人亲自挂帅,作出"扫黄"具体部署。

福建省委书记陈光毅、副书记贾庆林赶赴黄色录像带泛滥的石狮市,检查"扫黄"进展情况。

海南省委书记许士杰、省长刘剑锋在全省"扫黄"工作会议上讲话,进行统一部署。

浙江省委、省政府于9月初分四路派出工作组,到温州、台州、丽水、金华、嘉兴、湖州等地市检查督促"扫黄"工作。

9月21日,浙江省法院院长带领有关部门24名干部,再次到温州帮助工作。为配合查清邮电系统勾结犯罪的活动,省邮电管理局长也专程赴温州。

之后,省委书记李泽民也去温州检查指导"扫黄"斗争。

在广东省，广州市委书记朱森林、副书记张汉青、副市长李兰芳多次上街，亲临清查整顿现场；湛江市在市委副书记余启志带领下，两次对全市进行大规模清查；淫秽物品泛滥比较严重的陆丰、海丰、潮阳、惠东等县，由县委书记或县长亲自带领清查队伍，连续多次清查书报刊和音像市场。

沿海四省针对本省的具体情况，明确各自的"扫黄"工作重点。

福建集中省、市、镇三级干部力量清查石狮市。浙江把温州地区作为"扫黄"的重点地区，工商、文化、公检法、邮电、银行等单位形成一股合力，使温州地区的"扫黄"迅速打开局面。在很短的时间内，温州已排出15个重大案件，正在加快审理。仅苍南县就查获"贩黄"金额万元以上的案件31起。

乐清、苍南、鹿城三县区分别召开宣判大会，大张旗鼓地公开处理了一批典型案件，一些犯罪分子被判徒刑，有59人到政法部门自首。

在开放程度较高的广东省，则把堵截境外淫秽出版物作为重点，设立了三道防线。

第一线由海关、边防、渔政部门负责，海上抓、口岸堵、边防沿线查缉，并且充实海上和口岸的缉私力量，改进装备，以提高缉私能力和查获率。

第二线由沿海通往内地和交通要道上的工商缉私站、缉私队以及交通、邮政等部门，负责交通干线及邮路等贩运、扩散道的缉拿和检查。

第三线是陆上的"扫黄",重点放在深挖制作、贩卖淫秽书刊、录像带、淫秽扑克的地下窝点。海南省则注意把"扫黄"与打击社会丑恶现象结合起来,在收缴违禁书刊和录像带的同时,坚决查处卖淫、嫖宿案件,取缔色情窝点。

当时,沿海四省的书报刊及音像市场也有了较大的改观。

福建省两个多月来共出动2.6万人次,查获违禁书刊25万多册、裸体扑克3000多副、录像带9万多盒、录音带近4万盒,取缔各种违法摊点800家,依法审理违法犯罪分子2000多人。

广东省自当年4月初以来,共出动清查力量近4万人次,收缴各类违禁书刊34万多册、淫秽画册4万多本、淫秽扑克2万多副,收缴非法淫秽录像带近7万盒,同时收缴录像机、电视机、倒带机等各种作案工具1200多台件,共依法审理违法犯罪分子2868人。

浙江省自89年7月以来,出动检查人员3万多人次,查缴违禁书刊近9万册、非法出版物2.5万册,查缴非法、淫秽录像带近7万盒、录音带4万多盒,还取缔了一批书刊批发点、零售摊点以及录像发行站和放映点,依法审理违法犯罪分子368人。

海南省当年收缴违禁书刊2万多册、录像带近3000盒,取缔无照经营书刊点21个。

福建石狮捣毁淫秽窝藏点

1989年9月11日，李瑞环在南方四省"扫黄"工作座谈会上曾强调指出：

就全国范围来说，当前要集中力量解决"黄源"的问题。对那些制作、贩卖淫秽出版物严重的单位和地方，不集中力量加以清除，"扫黄"，就永远扫不净。如福建的石狮、浙江的温州、海南的海口等沿海地区的若干城镇，这次就要作为重点。

石狮位于福建东南沿海，地处文化历史名城泉州与经济特区厦门之间，与台湾隔海相望，市域三面临海，海岸线长67.7公里，全市面积160平方公里。

1980年1月，石狮属晋江地区晋江县。1986年1月，属泉州市晋江县。1987年12月17日，经国务院批准，晋江县石狮、蚶江、永宁3个镇和祥芝乡，置石狮市，由泉州市代管，为省辖县级市，并作为福建省综合改革试验区。1988年9月30日，石狮市正式成立。

福建省石狮市商业繁荣，素有"小香港"之称，让人意想不到的是，不计其数的黄色录像带正是从这里流向全国。

公安机关指出这样一个令人触目惊心的事实：石狮拥有十分发达的向外辐射的商业网络，从各渠道流入福建的淫秽物品大部分先汇集于此。当时，石狮已经成为全国淫秽物品最主要的集散黑市和黄色录像片的主要复制地。全国已收缴的淫秽物品有三分之一来自石狮。

外地人来到石狮，时常会成为贩黄者的目标。他们反复纠缠，向客人推销黄色录像、裸体扑克牌等淫秽物品，以便从中牟取暴利。

"扫黄"工作开始以后，福建省委对石狮问题十分重视，他们决定首先拔除这个"黄色据点"。福建省委书记陈光毅十分坚定地说：

> 石狮问题能否解决，对省委、省政府是一次考验。无论问题多么严重、困难多大、阻力多强，都要把石狮问题解决好！

1989年9月17日，一个由15位厅、局级干部组成的工作组赶赴石狮；泉州市委书记张明浚也带领30多名干部进驻该市。石狮市委、市政府的5位重要领导也全力以赴投入到"扫黄"工作中。

稍后，陈光毅和贾庆林也赶赴石狮检查、指导"扫黄"工作。

大家经过仔细研究，制订了在石狮进行"扫黄"斗争的总体方案：

> 以石狮镇为中心，以石狮市其他3个乡镇为第一包围圈，邻近石狮的晋江县为第二包围圈，外围其他县区为第三包围圈。
>
> 全市统一行动，集中力量进行大规模清查，打一场"扫黄"的包围战、总体战，力求彻底捣毁"黄窝"。

在省市工作组的指导下，石狮市政府放手发动群众，他们出动6辆宣传车深入街头、村落，进行"扫黄"宣传；广播站一天3次进行有关"扫黄"的广播；各单位悬挂张贴大幅"扫黄"标语，刊出以"扫黄"为主题的墙报、黑板报；许多中小学组织宣传队到街上开展宣传扫黄政策的演出；有关部门召开乡镇干部、各民主党派、社会团体、中小学教师参加的以"扫黄"为主题的座谈会，使"扫黄"深入人心。

与此同时，石狮市政府还特地设立举报站和举报电话。

在人民政府大张旗鼓的宣传攻势面前，制黄、贩黄分子陷入深深的恐慌之中，他们惶惶然不可终日。一些人慑于疏而不漏的恢恢法网，便主动到政法部门投案自首，争取宽大处理。

在广泛动员的基础上，石狮市不失时机地采取果断措施，进行突击清查，统一打击犯罪分子。

石狮市委、市政府根据公安部门的侦查和群众举报的线索，经过调查分析，摸底排队，抓住重点村、重点街道、重点户，先后出动1.1万多人次，大小车辆1000多辆，连续多日进行声势浩大的打击行动。

与此同时，公安、工商、文化、宣传及市直机关有关部门还抽出精干力量，组成管理监督队伍，配合各主管部门抓住走私、印制、运输和邮寄、贩卖、播放、散落及储存各个环节，采取"地上查、船上搜、路上卡"的办法，包村、包街、包行业进行检查，让不法之徒无藏身立足之地。

全市个别报刊和全部音像市场实行停业整顿，集中开办法制学习班，学习文件，提高认识，要求他们交代自己或揭发别人的违法行为。

此外，石狮市政法部门对"扫黄"中发现的大案、要案组织力量进行突击查处。

当年1至9月中旬，石狮已经查获非法制作、贩卖录像带及淫秽物品案件197起，收缴录像带7.5万多盒、裸体扑克1000多副、淫秽图书1.3万多本，取缔复制窝点25个，缴获复制用彩电95台、录像机284台，抓获一批违法犯罪分子。9月19日以来，又捣毁埋藏较深的录像复制窝点7个，收缴录像带5000多盒和一批淫秽书刊、裸体扑克，依法审理违法人员112人。还收缴了一批录像机、电视机、对讲机等作案器具。

这次"扫黄"行动，石狮市查处许多非法制销淫秽物品案，捣毁制售窝点 28 个，抓获违法犯罪分子 405 人，还依法处决了 3 名购买黄色录像带杀人犯，沉重地打击了制黄、贩黄犯罪分子的嚣张气焰。

经过这段时间的努力，石狮市场上贩卖黄色录像带问题基本得到制止。

这一行动受到了广大群众和社会各界的热烈拥护。石狮实验小学的负责人说，这次扫黄，"对培养下一代来讲功德无量"。

一些工商界人士说，如果石狮是靠制黄繁荣起来的，我们宁可清贫一些。一个在家乡投资办饭店的华侨对政府干部讲，如果他的亲属参与制黄贩黄，要求政府依法惩处，这种东西在国外也是被禁止的。

石狮市委书记刘成业说，以前有人担心，"扫黄"会影响石狮的经济发展，现在看来是多余的，当前石狮服装市场和小商品市场依然活跃，工业生产正常进行。

海南双管齐下大力扫除黄害

1989年9月23日,海南省各市县的书记、市(县)长、宣传部部长、文化局局长、广播电视局局长、公检法三长被一道召到海口市,出席全省"扫黄"工作会议。

这种"一竿子插到底"的办法,在海南建省以来还是第一次。海南人开始意识到"黄害"对我国这个最大特区的声誉的危害。

省委书记许士杰亲自在会议上作"扫黄"动员,他历数黄色淫秽物品的十大危害:

一是污染社会风气,二是危害社会安定,三是败坏改革开放的声誉,四是降低民族素质,五是腐蚀人们的灵魂,六是妨碍人才的培养,七是影响青少年的健康成长,八是不拿刀枪的杀手,九是和平演变的帮凶,十是诱发犯罪的公害。

省长刘剑锋也参加会议并讲了话。省里着急了:海南的"扫黄"工作同党中央的要求还有较大差距,一些同志的认识还较肤浅,群众还没有充分发动起来,工作还不够深入彻底。

地方领导带着会议制定的五个方面的政策措施回到各地。省里又派出检查组，巡查督促全岛的"扫黄"进展情况。

在国庆节前夕短短几天里，全省组织了各有关部门干部和治安积极分子7000多人，对书报刊市场、音像市场和娱乐场所进行清理和整顿，连续组织了几次较大规模的"扫黄"行动。

全省又收缴黄色书报刊和非法出版物近1万册，收缴黄色录像带670盒，取缔录像播放点191个。

许士杰、刘剑锋等省领导亲自到"扫黄"重点单位海口市进行检查。这个市的领导机关在研究分析全市的"黄情"、"黄源"、"黄害"以及"死角"后，很快采取行动，收缴大批黄色书刊和黄色录像带，在市人民广场当众销毁。

在南部滨海城市三亚，还专门召开了有海关、边防等有关部门参加的会议，部署海上"堵黄"工作，加强对外来船只的稽查。随着全省"扫黄"的展开，各市县还在组织力量，加紧办理"扫黄"案件。

这个我国最年轻的省份出现的某些丑恶的社会现象一直为人所诟病。海南省注意把"扫黄"和"打丑"结合起来。

海口市1989年以来，收缴违禁书刊2万多册，录像带2000多盒，取缔无照经营书刊点21个，同时查处卖淫案139宗，处罚276人，取缔桑拿浴、异性按摩院等色情场所15家。三亚市在"扫黄"的同时，查处卖淫、嫖宿案66起，取缔色情窝点24个，挖出6个卖淫团伙，查获赌博45起，共处罚226人。

与此同时，海南省还对宾馆、旅店、路边店、咖啡厅、歌舞厅进行了清理。"扫黄"和"打丑"双管齐下，使文化市场和社会秩序有了明显的好转。

为了加强治安管理，海南省政府9月13日转发省公安厅、工商局《关于加强桑拿按摩业治安管理的规定》。

作为对外开放的窗口，海南的"扫黄"工作难度较大，但海南人毕竟行动起来了。

他们明白，这项工作能否深入进行下去，确确实实与改革开放息息相关。

杭州市彻底销毁精神鸦片

1989年10月中旬的一天,在杭州市销毁收缴来的黄色录像带现场,杭州市副市长陈端,用洪亮的嗓门高声宣布:

我们要以林则徐虎门销烟的气概,向今天的"精神鸦片"宣战!

当时,陈端站在杭州剧院门口的台阶上。他身旁站着的是市公安局、工商局和新闻出版、文化等部门的负责人。他们的神情都十分庄重。

在台阶下一个不大的场地四周,站满了1000多名围观的群众。他们的目光,都紧紧地盯着场地中间那一大堆录像带。

这些录像带的封面花花绿绿。不少封面上都印有赤裸的女人和男人。此刻,它们正面临被彻底毁灭的命运。

离这些录像带不远的地方,一辆从市政工程队开来的压路机正在待命。人们都注意到,压路机的铁轮异常高大,显示出巨大的力量。

用压路机来销毁黄色录像带,是这一次"扫黄"行动的新发明。压路机的铁轮,显示出全国人民销毁"精神鸦片"的坚定决心。

"开机！"威武的指挥者发出号令。

压路机的马达声响震耳欲聋，巨大的铁轮向着那堆录像带缓缓驶来。黄色录像带在压路机的铁轮下发出刺耳的声音。

压路机驶过以后，刚才还堆成小山似的录像带在一瞬间变为平地。盒子不见了，只留下一张张的纸片、扭曲散乱的磁带和塑料的残渣。

围观的群众都十分兴奋。有人在鼓掌，有人吹起口哨，有人则露出欣喜的笑容。

陈端面对情绪激昂的群众，充满激情地大声说：

我们要把反对精神污染的斗争长久地坚持下去！要让淫秽物品成为过街老鼠，全民共讨之！

除了使用压路机粉碎录像带，杭州市还对淫秽书刊采取化浆和焚烧处理。

一辆辆东风牌大卡车，满载着缴获的黄色书刊，呼啸着驶向造纸厂。这些书刊被卸下汽车以后，又被运向化浆车间。

化浆车间里弥漫着呛人的气味。那些崭新的、甚至才刚刚拆包的黄色书刊被浸泡在浆水中，渐渐被腐蚀，溶化。

机器转动起来，快速地搅动纸浆，纸浆发出噜噜的声响。黄色的纸浆里泛起一片灰色的浊物。那些引人走向堕落的铅字永远地消失了。

　　一辆辆汽车把收缴的黄色书刊运到市郊的一块空地上。这些书刊要在这里被彻底焚烧。四周的群众闻讯赶来观看。

　　烈焰熊熊，空气中流动起炙人的热浪。围观者呼啦啦向后退缩，但在10多米外仍然热浪扑面。

　　火势越来越猛，烈焰越来越高，黑烟滚滚，几公里之外都能够看到。

　　大火足足烧了几十分钟。那些淫秽书刊在火中渐渐消失，最后化为一堆灰烬。

广东省严厉打击卖淫嫖娼活动

20世纪80年代末,在广州、深圳、珠海、惠州和珠江三角洲一些宾馆酒店里,客人刚刚进入房间,电话机就响了。电话里,传来陌生女郎的声音……

改革开放以后,长期封闭的大陆向世界敞开了大门,港澳同胞、海外侨胞、各国友人纷纷来华,或旅游探亲,或经商洽谈。但是,一些不法分子也乘机混入大陆。

在广州、中山、珠海等市,来自港澳的一些不法分子,打着各种各样的幌子,在一些宾馆酒店中设点,以介绍旅游观光为名,以高薪为饵,骗取内地一些女青年为境外组织的所谓"性爱旅行团"充当"女伴游"。

卖淫嫖娼,这种绝迹多年的社会丑恶现象从此不断蔓延起来。它先是在沿海地区一些开放城市出现,然后向内地辐射。

卖淫活动在不断蔓延。从沿海到内地,从城镇到乡村;从宾馆、酒店,发展到餐饮、文化娱乐等场所。嫖娼者,从来自港澳台、海外的旅客和暴富起来的个体户、供销员,发展到某些党员干部,甚至个别领导干部;卖淫者,从一些追求金钱物质享受的城镇待业女青年、农村妇女,发展到女职工、女大学生,甚至有家庭富裕的有夫之妇。她们有一半以上来自外省市。有的成群结队而来，有的甚至姐妹或姑嫂结伴而至。

在邻近港澳的广东，人们从街头巷尾五花八门的"性病治疗"广告中不难发现：随着卖淫嫖娼的蔓延，曾经在大陆十分罕见的性病也死灰复燃，并且快速地传播。

这仅仅是危害的一个方面。卖淫嫖娼诱发的一系列刑事犯罪活动，已越来越严重地扰乱着人们的正常生活和人身安全。

早在1986年，广州市公安机关破获一个特大的"男盗女娼"流窜犯罪团伙。六七名来自沈阳的流窜犯，在广州纠集了11名暗娼，他们以暗娼卖淫为饵，物色身携巨款的嫖客。仅一年时间，就先后盗窃、抢劫、勒索作案41宗，他们得到的赃款赃物折合人民币11万多元。

暗娼与犯罪分子相勾结，频频向嫖客下手；而嫖客也时常会对暗娼发动攻击。

1989年秋，粤东某县城在一个月内，便有7名暗娼分别在被嫖后，遭抢劫被勒死，弃尸荒野。公安机关经过侦查，终于抓获了杀人凶手，这名凶手是一个嫖客。

当时，在深圳市公安局的看守所里，关押着一个名叫王健的囚徒。王健原籍河南，30多岁，曾是散打运动员，他在与暗娼庄某、朴某嫖宿以后，洗劫了她们的财物，还残忍地将她们杀死。

王健被捕以后曾经说："我觉得自己是条汉子，可一年干活挣的钱，却不如暗娼卖几次淫，这太不公平，她们都该杀！我唯一的感觉是对不起她们的父母。"

伴随着卖淫嫖娼同时出现的，还有一些逼良为娼的恶魔。

四川女青年吴某来到宝安横岗找工作，她被另一名女青年骗进淫窝，这个女青年及其同伙逼迫吴某卖淫。

在牢狱似的房子里，吴某趁匪徒不留意，才只身从虎口逃脱。随后，公安机关迅速采取行动，捣毁了这个黑窝。

卖淫嫖娼的不断蔓延，对社会的稳定造成了极大的危害，使许多美满的家庭解体。

早在1980年1月16日，一封来自大洋彼岸的信件寄到邓小平的办公室。这封信是一个姓李的爱国华侨寄来的。

李先生将一张香港出版的、披露不法分子入境勾引内地女青年从事嫖宿活动的剪报寄来，同时忧心忡忡地附言：

小平先生：绝迹多年的娼妓活动又在内地出现了，请关注……

邓小平阅过此件以后，立即挥笔批示：

请广东省委查究。这种现象不可免，但从开始就要斗争，而且处理要从严。

广东省委、省政府迅速作出决定：

把打击、取缔卖淫嫖娼活动作为一项重要工作，列入省委、省政府的重要议事日程。

1982年，经广东省人大常委会通过，广东省颁布了中国第一个《关于取缔嫖宿卖淫活动的暂行规定》的地方法规。

1985年，省政法委、妇联、宣传、工商、旅游等8个单位联合发出《关于深入取缔嫖宿卖淫活动的意见》，对卖淫嫖娼进行全社会的综合治理。有关部门，不断对所管辖的旅店业、歌舞厅、路边店等开展清查整顿。

当年冬天，广州市在全国率先办起专门收容教育卖淫妇女的收教所，接着，广东省政府也在增城办起同一类型的妇女收教所。

同时，广东省卫生厅决定，对抓获的暗娼、嫖客一律进行体检，对患有性病的全部实行强制治疗。并指定全省6家医院开设性病专科门诊。

1987年元月，广州市公安机关在自解放初禁绝娼妓之后，首次在广州近郊三元里村农民出租屋捣毁一个大淫窝，一举抓获卖淫嫖娼人员40名。

事隔5年后，同样在广州近郊，黄埔区公安机关根据群众的举报，又将一个淫窝连根挖出。这是一个名为翠香餐厅的酒店。酒店老板是女青年叶洁容。她自1990

年承包该店后，为与附近同行竞争，叶洁容先是强迫、指使酒店女服务员与顾客大搞色情淫秽活动，接着便与皮条客陈某勾结，长期招引暗娼、嫖客到该处嫖宿，前后达一年多时间。

公安机关捣毁这个淫窝时，顺藤摸瓜，共挖出经常在此卖淫嫖娼的违法犯罪人员82名，其中有48名为国家干部、职工。

在后来的1992年3月3日，广东省委、省政府联合召开了广东省政法工作会议，把打击、取缔卖淫嫖娼等丑恶现象作为该年全省要抓的4件大事之一。

一场10多年来前所未有的"扫丑"行动，以摧枯拉朽之势迅速在南粤大地铺开！

深圳市"帝豪"大酒店的管理人员，认为自己"后台硬"，长期肆无忌惮地包庇纵容卖淫嫖娼活动。他们甚至当着省委负责人的面质疑："你们敢动'帝豪'吗？"

这位负责人淡然一笑："我们就是要动动这样的角落。"

几天后的一个深夜，一排长长的车队，猛然从罗湖区公安局大门开出，分成几路向北袭击。

几分钟后，这数十辆小汽车同时将"帝豪"大酒店团团围住。上百名便衣警察以猛虎下山之势，将酒店的各个出口、大厅、歌舞厅等控制起来。

接着，公安干警立即清查酒店里的各个房间。不到一个小时，他们就分别从一个个房间里，现场查获正在从事卖淫嫖娼非法活动的不法分子45名！

几天后的深夜，公安机关再次出动大批便衣干警，分头包干，突击搜查了群众反映强烈的新都、晶都、名都、阳光4家大酒店。公安干警从中抓获卖淫嫖娼人员共计177名。

广东省公安干警的这次重拳出击，在深圳引起强烈的反响。深圳震动了！

广东省"丽晶"酒店地处佛山市郊的佛平公路一侧。自1991年秋起，该酒店总经理何某和保安部经理李某精心策划：由保安员、总台服务员等联合呼应，设立"三道防线"。为了能及时转移暗娼嫖客，他们设立两条暗道，并定下"凡在保安部发出'通水'电话时，其他占线电话一律中断"的"死规定"。

严密的防警网络，使这里成为暗娼嫖客等不法分子长期猖獗活动的"逍遥宫"。

当地公安机关在接到群众举报后，顺藤摸瓜，仅在几天之内，便抓获了该酒店9名与卖淫嫖娼有关的员工，并将以身试法的总经理何某、保安部经理李某一并拘捕。一个包娼庇赌的大黑窝终于被摧毁了！

地处粤北山区偏僻角落的韶关市干休所，曾经是一个可供人们休息娱乐的理想场所。可是，这里开办的理疗室，自从承包给当地青年姚某以后，便摇身一变，成为异性按摩室。

姚某唆使、强迫按摩女与顾客大搞淫秽活动。他用这种色情手段，为自己招揽生意。很快，这里就聚集了许多品行不端的人。

一些知情的市民暗暗担心：这个色情场所挂着干休所的牌子，哪个部门能管呢？

韶关市公安分局陈局长得知情况以后，他十分果断地说："我们有法律做依据，有各级党委、政府和群众的支持，没有什么顾虑的！"

这天夜晚，四周一片静寂。

这时，10多名公安干警从门口悄悄围了上去。他们发出威严的口令："都别动！"楼上楼下5间按摩室内的20多名"顾客"和按摩女都惊呆了。

很快，承包主及所有不法人员都被押上警车。

1992年8月16日晚，中山市灯火辉煌，一片繁华景象。一名女青年突然跑到中山市公安局值班室，她一进门就哭诉："我是外省人，5天前刚在广州火车站下车，两名四川青年说给我安排住宿和办身份证，把我挟持到东风镇永华旅店，强迫我卖淫接客。"

中山市公安局的领导得知案情以后，立即作出反应。数部警车，于凌晨2时直扑永华旅店。

公安干警以迅雷不及掩耳之势，查获了以重庆流氓朱长生为首的强迫、引诱、容留妇女卖淫的重大犯罪团伙，共抓获团伙成员46名，缴获长刀、匕首等凶器一批。

经审讯查明，该团伙长期以来，到火车站等处以外省女青年为"猎物",以帮找工作或给吃住为诱饵,挟持她们到永华旅店中,先将其强奸,再逼其卖淫。

经过广东省公安干警的日夜奋战,广东省"扫黄"工作取得辉煌战果。公安干警仅一个月就查获卖淫嫖娼人员4400多名,打掉卖淫嫖娼团伙133个,端掉同类黑窝255处。

累累战果,显示出广东公安机关的强大战斗力和除恶务尽的坚定决心。

与此同时,广大人民群众也主动、积极地投身到这场"扫黄"斗争的行动中。

在3个月的时间里,全省就收到群众举报的卖淫嫖娼等线索1.1万多条,群众扭送卖淫嫖娼人员数百名。慑于打击的声威,有不少曾经从事卖淫嫖娼活动的不法分子主动前来投案自首。

公安机关配合各部门扫黄

1989年7月10日，国家新闻出版署发出一份文件，这份文件对整个出版界敲响了警钟。

这份文件郑重宣布：

撤销四川省社会科学院出版社社号，该社出版者前缀号同时撤销。

决定指出：

四川省社会科学院出版社严重违反出版管理规定，背离了社会主义出版方向，已经丧失了办社条件。

由国家职能机关发文撤销出版社社号，新中国成立40年来，这还是第一次！出版界的人都感到非常震惊。

1988年以来，四川省社会科学院出版社严重偏离出版方向，出版的图书大量超出专业分工范围，很多图书严重违反出版管理规定，有不少是夹杂大量淫秽内容的。

1988年，四川省社会科学院出版社共协作出书52种，其中40种违反了协作出版规定。他们出版了相当数量的性知识、性科学图书，其中一些格调低下。

在对四川省社会科学院的处理上，曾经有一些不同的意见。有的同志还是有点手软，提出停业整顿。但国家新闻出版署领导的态度十分坚决。他们说："这样的出版社不撤销，留着干什么！撤！坚决撤！"

四川省社会科学院出版社被撤销了。这件事情反映出新闻出版署在彻底"扫黄"问题上的坚定立场。

在对书刊市场进行检查清理的基础上，各地公安机关会同新闻出版部门，采用跟踪追击、顺藤摸瓜的方式，捣毁了一大批制造淫秽物品的"窝点"，破获了一批制造精神鸦片的重大案件。

长春市书刊市场管理办公室的同志们在一些书摊上发现两种淫秽图书。他们感觉这些淫秽图书内容极其下流，印刷质量也很低劣，而且没有版权页。因此，他们断定，这些书是不法书贩非法印制的，他们立即向当地的公安机关进行汇报。

这些淫秽图书是从哪里来的？吉林省新闻出版部门和有关地区公安机关密切配合，他们从书摊提供的线索开始，进行了艰苦周密的调查。

他们在调查中发现，这些淫秽图书的背后，有一些隐秘的地下工厂和地下发行网络，涉及东北三省的 10 余个地市。他们及时向沈阳市公安局、哈尔滨市公安局通报了案情。

很快，吉林、辽宁、黑龙江这 3 个省的众多公安人员投入对这桩大案的侦查工作中。

公安人员通过调查走访，掌握了一些情况。他们把这些情况一点点汇集起来，渐渐理出了这桩案子的脉络。

原来，停薪留职工人孙某，伙同另外两个人，以承包的名义与长春市一一二中学签订合同，成立了一家彩印厂。他们自选厂址，自购印刷设备，雇工10余人，悄悄地印制非法图书。为了牟取暴利，他们还与好几个印刷厂的不法分子勾结，印制淫秽图书，以每册26元的高价向各地销售。

与此同时，当地还有一个无业青年，也在从事非法印制淫秽图书的活动。他租用个体户的印刷机，自己印刷，自己销售。

公安人员掌握这些情况以后，以闪电般的速度，直捣这些地下黑窝，当场抓获了正在印制淫秽图书的犯罪分子，缴获了11种淫秽图书，共4.5万册，还有4种未来得及付印的淫秽图书胶版和部分印刷机器。

接着，公安人员顺藤摸瓜，迅速追捕其他案犯，彻底破获了两个印制淫秽图书的犯罪团伙。

10月18日，天津、辽宁、湖北、江西、江苏、四川等省、市公安机关按照统一部署，与新闻出版、文化、广播电视、工商等部门密切配合，认真开展整顿清理书报刊和音像市场的专项斗争，收缴了大量反动、淫秽图书及音像制品，查获了一批违法犯罪分子。

天津市7月28日至30日，出动公安干警、武警指战员5000多人次，治安联防队员6000多名，配合有关部门对全市城乡书刊批发部门、零售摊点、印刷厂、录像厅、文娱场所进行清查，三天缴获各类违禁书刊、杂志、图片等6000多件，以及内容淫秽和非法出版的录像带、录音带、淫秽扑克牌、淫药、刮刀、匕首等。

这次行动，共抓获违法犯罪分子527名，其中传播、复制、贩卖反动淫秽出版物和从事非法出版活动的犯罪分子144名，强奸、抢劫、盗窃、流氓等犯罪分子383名，摧毁犯罪团伙46个，破案96起，重大案件7起。

辽宁省出动警力2000多人，清查书刊市场、书摊和录像放映点1000多个，收缴反动、淫秽、黄色书刊、画册2.8万多本，淫秽录像带1000多盘，查封有色情、凶杀等内容书刊20余万册。

湖北武汉市公安局从6月30日至7月2日，出动干警1400余人，配合有关部门清查各种书摊1000多个，收缴淫秽书刊和明令查禁的出版物60多种，共3.9万多册，摧毁贩卖淫秽图书的窝点11处，查封、取缔书摊14家，查获8名违法犯罪分子。

江西抚州市公安局与宣传、文化、工商等部门密切配合，清查了5个国有书店、25个私人书摊、8个录像队和6个文化娱乐场所，从中发现并查处制作、贩卖、传播淫秽物品案件23起，缴获淫秽书刊1295本，以及一批淫秽录像带、淫秽画报、淫秽扑克等，现已治安拘留21人，罚款32人。

交通部门、公安机关在这一专项斗争中，查获和处罚贩卖、传播淫秽物品的违法犯罪人员290人。

中国海关严防黄色制品流入

1989年,在"扫黄"斗争中,全国各地收缴了许多淫秽录像带。那么,这么多淫秽音像带是从什么地方来的?它的源头在哪里?人们情不自禁地把目光投向部分沿海地区。

一些沿海地区存在大量复制、贩卖淫秽音像制品的地下窝点。那么这些地下窝点用来进行复制的母带、借以翻印的盒带封面的软片,又是从何而来?

公安人员做出这样的答复:它们中的大多数,都是通过海关走私进入中国的。

走私音像制品,可以非法牟利,这就诱使海内外一些邪恶的势力铤而走险。

在茫茫大海上,常常会出现一条条神秘的船只。它们似乎是去打鱼,却并不撒网,而是趁着夜色或海雾驶向预定的海域,等候着远方的来船。

大海那边的货船驶来以后,两只船迅速靠拢,接着是忙碌的搬运。用来走私的船只装完货物以后,急忙转舵,满载而归。

此时,这些走私船的船舱里装满了各种各样的香烟、电器、黄色音像带。

海关部门在东南沿海截获的走私船中,有的一次装载的违禁印刷品及音像制品就多达上万件。尽管缉私艇日夜不停地在海面巡逻，海关人员也十分尽职地对货物进行严格的盘查，"漏网之鱼"总是难免。

除了海上偷运，从海关入境人员私自携带以及通过邮路从海外邮寄违禁音像带的情况，也时有发生。

据国家海关总署调查司统计，1989年全国各地海关共查获违禁印刷品和音像制品23万件。这个数字比1988年增加了30倍。其中就有很多的音像制品。

海关把查获反动淫秽及其他违禁音像制品，作为一项重要任务来抓，各地口岸对入境人员携带的音像制品，从申报到过关，都进行严格的审查。

在海关的音像审查室里，电视屏幕经常闪现出一个个黄色镜头，这样的录像带理所当然地会被海关扣压。

为了逃避检查，蒙混过关，一些携带者可谓费尽心机。他们有的把淫秽音像带伪装成空白带、教学带，把片头片尾录成风光片或动物片，有的干脆拆掉带壳，把带芯夹到别的物品中，甚至抽出磁带缠到一张硬纸板上，试图以此蒙混过关。

一次，在北京机场海关，一个归国人员陆某入境，在海关人员检查他的行李时，他趁机将一件小东西放进衣兜。海关关员发现他神色异常，立即对他进行查问。在再三追问下，陆某才将那件东西掏出，原来是一盘拆除外壳的录像带芯。经审查，这是一盘淫秽录像带。

这样的事情，在各地口岸都经常发生。

通过走私入境的淫秽音像带，数量虽然不可能太多，却成了广泛扩散的"种子"。不法分子将其复制翻录，使它变成成千上万个黄色的幽灵。

在沿海地区的部分城镇，如福建的石狮、浙江的温州、海南的海口等地曾经有一些地下窝点，犯罪分子勾结海外不法分子，大量走私，翻制淫秽录像并推销到内地，成为危害全国的黄色源头。

在"扫黄"斗争中，广东、福建、浙江等省的沿海地区，在彻底摧毁制作贩卖淫秽音像制品地下窝点的同时，对走私活动进行了严厉打击。

广东省为堵住"黄货"的进出，设立三道防线：

第一线是海上抓，口岸堵；

第二线是对交通干线及邮路等向内地贩运、扩散的渠道进行检查；

第三线是抓好陆地"扫黄"。

广东省有关部门把这三条线结合起来，层层设防，使沿海地区的"扫黄"斗争取得突破性进展，沉重地打击了走私分子的嚣张气焰，使从海上偷运淫秽音像制品的情况大为减少。

三、掀起扫黄高潮

- 浙江省委书记李泽民要求：各级领导深入"扫黄"第一线，做到党委统一抓，全党共同抓。

- 一位干部说：农村修桥补路是做公德，扫"黄货"是大公德。

- 北京市妇联常委、儿童部部长甄砚说：这些年来，黄色的东西从手抄变成铅字，从地下转为公开，其为害程度令人发指。

浙江温州掀起扫黄热潮

1989年8月29日晚上,浙江省委召开全省"扫黄"电话会议,省委书记李泽民要求:

> 各级领导深入"扫黄"第一线,做到党委统一抓,全党共同抓。

8月30日,温州市委召开常委扩大会,成立了温州市"扫黄"工作领导小组,由市委副书记张友余担任组长,副市长吴祖熙、秘书长邵锡水、宣传部长徐国林担任副组长。同时,抽调10位广播局等部、委、办的同志分赴全国"黄源"地,即苍南金乡和乐清北白象镇。

9月1日,由省委宣传部副部长梁平波带队的省委"扫黄"工作组,开向全国"黄源"的重灾区温州。

同一天,乐清县县长、"扫黄"领导小组组长屠锡清特地来到县文化局局长办公室,他神情郑重地告诉局长叶三纯:"这次县'扫黄'领导小组让你到北白象镇去打头阵,这是一项特殊任务。"

叶三纯十分爽快地回答:"相信我,一定不辜负组织的期望。"

北白象镇的"黄货"市场大约形成于80年代初期。

当时，一些"贩黄"走私的妇女，陆续混迹北白象镇小商品市场，向路人兜售走私手表和圆珠笔。她们销售的圆珠笔十分特殊，只要拧动笔套，里面就会显示出一个裸女图像，一支笔里竟藏纳了七八种乌七八糟的丑态。

这种"黄色"小玩意儿的出现，正好迎合了素质低下者的趣味，因此受到"青睐"。于是乎，买者竞相而来，图利者趋之若鹜。这些妇女干脆经营起清一色的"黄货"来。

与此同时，她们的经营规模也逐年升级，已由卖小玩意儿发展到贩卖淫秽扑克、画册、录像带。这些录像带都是来自西欧、港台的走私货，种类达100多种，秘密复制也在悄然兴起。

1989年3月，北白象镇的妇女陈某，刚做生意赚了一些钱，当她得知贩卖"黄带"可以发大财时，顿时心生邪念。她和丈夫花了两万多元钱一下购进了6台录像机，又借了4台日夜开动，翻录各种乌七八糟的片子。

陈某从外地购进成本仅为5元一盒的劣质空白录像带，录制后以13至80元不等的价格推销出去。陈某因此大赚了一笔。

这个目不识丁的妇女顿时成为北白象镇的"名人"。

在北白象镇，制黄、贩黄风气大行其道。这个仅有3万多人口的小镇，拥有录像机1400多台，不少人饥不择食地四处捞黄片，贩黄、制黄。

自1987年1月以来，由中央宣传部、政法委员会牵头，组织文化、广电、公安、工商等部门大面积地公开出击清查"黄货"已达 327 次，已拘留审查了 97 人，6 人判了刑，但都没有给"黄色产业"以致命的打击，黄贩子还不时沉渣泛起。

"扫黄"工作队改变打击方法，这些贩黄者也改变作案方式。在突击打击时，他们就掌握住从事"扫黄"的工作人员上下班的规律，狡猾地把作案时间放在早晚两头。几个月下来，"扫黄"工作消耗的人力、物力不少，收效却并不明显。

白石镇的黄某在北白象镇富强路上贩卖录像带时，被"扫黄"人员当场抓住，罚了款。她心痛了一阵子，却并没有引以为戒，反而想这钱一定要赚回来。

半个多月以后，黄某又来到北白象镇，当她的录像带一出手，又被便衣民警当场抓获。

黄某两次"贩黄"，不但没有赚到一分钱，却被罚，但她怎么也不甘心自己的失败。几天之后，她带着 22 盒淫秽录像带和 11 副裸体扑克仍想在北白象镇捞上一把，结果，她什么好处也没捞上，却戴上了亮闪闪的手铐。

1989 年 6 月 12 日下午，依靠录制黄色录像带赚钱的陈某又把 10 台录像机全部开动起来。她打算突击翻录，一次 10 盒，这样一天一夜就可翻录 140 盒录像带，这是一笔大财。

陈某正在做发财的美梦，北白象镇的干部和派出所的干警们破门而入，当场缴获录像机 10 台、电视机一台、录像带 695 盒，其中包含淫秽录像 370 盒。

陈某被公安机关收容审查，她希望通过录制黄色录像带发财的美梦破灭了。

1989 年 1 至 9 月，仅北白象镇，就破获"黄案"74 起，44 人收容审查，逮捕 11 人。

经过县"扫黄"工作队和镇党委组织人员几天的突击搜查，重点宣传，全镇的干部和群众在思想上都受到很大的震动。

有的群众说："地道里的东西都查出来了，这次'扫黄'可动真格了。"

一位基层干部十分欣慰地说：

"黄货"市场如果任其泛滥下去，我们的青年人将不像青年人，社会主义国家不像社会主义的样子，以前我们敢怒不敢言，现在大气候这么好，我举双手拥护。

还有一位干部说：

农村修桥补路是做公德，扫"黄货"是大公德，否则我们的子女将会深受黄毒之害，后患无穷，党中央这次决策合民意，顺民心，真正在为人民群众办好事。

当时,北白象镇的凉亭、茶摊、小吃部、桥头,几乎每一个地方的人们都在议论"扫黄"的事。"扫黄"的号召已经深入人心,贩黄已经激起人民群众的义愤。

樟湾村的一位上了年纪的妇女在街上兜售黄片,一个过路的老太太骂道:"你都这么大岁数了,还卖'黄货',儿女都这么大了,真不要脸皮。"

这位妇女十分羞愧,她连忙用手帕遮住脸,匆匆溜掉了。

在此期间,群众真正行动起来了,他们自觉地抵制黄潮,热情主动地给县委"扫黄"工作组写检举信,打举报电话。

汹涌的黄潮,从浙江省温州市的鹿城、金乡、白象、钱库等地一浪接一浪地向内地逼近,波及全国。中央领导一直在关注着这种现象。

与此同时,浙江省委书记李泽民也向全省各级领导指出:

抓紧抓实,一抓到底,夺取我省"扫黄"斗争的决定性胜利。

9月21日,浙江省委派省高级人民法院院长袁芳烈赶到温州督战。

10月10日,浙江省高级人民法院、浙江省人民检察院和浙江省公安厅,向全省发出《关于制作传播贩卖淫秽物品的违法犯罪分子，必须在限期内自首坦白的通告》。"通告"中明确指出：

> 凡从事非法出版、制作、传播、贩卖淫秽录像带、录音带、图片、书刊及其他淫秽物品的违法分子必须立即停止非法活动。
>
> 自本通告发布之日起至1989年11月30日到当地公安机关、人民检察院、人民法院或者其他有关部门或本单位投案自首，坦白交代违法犯罪事实，或者有检举立功表现的，一律依法从宽处理。

10月10日，苍南县人民法院在金乡镇召开万人参加的审判大会，对22名违法分子中的4名罪犯依法进行判决。

最早从事非法销售录像带，营业额达到10万元的夏宝国，被依法判处无期徒刑。

贩卖过黄色录像带的蔡昌旭因为交代自己贩卖价值1万多元的录像带，并揭发同伙，免于刑事处分，当场给以释放。

11月9日，苍南县人民法院在钱库镇召开万人大会，对10名黄贩子进行判决。贩卖裸体扑克的黄通瑶被判处有期徒刑15年。

"扫黄"开始仅仅两个月，苍南县已判决黄贩子

15名。

与此同时,乐清县人民法院在北白象镇召开万人宣判大会,对抓获的14名非法复制贩黄、传播淫秽物品的罪犯依法进行判决。翻录复制淫秽录像带最多的陈爱莲被判处有期徒刑15年,剥夺政治权利5年。

11月25日,乐清县人民法院又在北白象镇召开宣判大会,贩卖淫秽图书的投机倒把分子吴帮顺等15名罪犯被判刑。对立功投案自首,彻底交代问题的黄德娣、徐快乐、林红芬、钱林英4人免予起诉。

"扫黄"以来,北白象镇已有29人被判刑。

到1989年11月底止,全温州市已抓获黄贩子751人,其中已有62人受到法律制裁。

就这样,在公安干警和人民群众的共同努力下,温州的黄潮开始落潮了。

温州"扫黄"的成功,为全国"扫黄"的胜利打下了坚实的基础。在全国各地政府和公安部门的共同努力下,"扫黄"运动在全国范围内都取得了可喜的成绩。

"扫黄"之役大得人心,并取得了立竿见影的成效。许多群众都反映:"现在的书摊比以前干净多了。"

一些青少年也十分高兴地说:"现在专门为青少年提供的书籍比以前多了,这些书的内容也比以前更丰富、更健康了!"

公安机关教育感化贩黄者

1989年10月,温州市苍南县钱库区政府在芦蒲镇举办学习班,组织当地的14位"砺灰壳"船老大及其家属认真学习"扫黄"政策,给他们讲解淫秽物品对社会造成的巨大危害。这些人思想上都受到很大的触动,他们对自己从前的行为都深感悔恨。

苍南县的金乡、钱库,水陆交通方便,尤其是钱库区的芦蒲镇林家院村就在东海的海岸线上,20世纪70年代末期,走私货就是从林家院"砺灰壳"船上登陆,流向内地的。

钱库大魁桥上女贩子卖的淫秽扑克、淫秽画册也是通过"砺灰壳"船走私来的。苍南县的公安干警在钱库抓到一名女贩子,她不仅交代了贩卖淫秽扑克的来源,而且揭发了黄通瑶家里藏有淫秽物品。钱库镇派出所依法对黄氏兄弟俩的家进行突击搜查,一下从黄通瑶家里搜出5大箱裸体扑克900副。

这些裸体扑克,全部都是从船老大黄定唤、孙云碗、杨激化3人那里买来的。

但黄、孙、杨3个船老大经过多次走私贩私,抗打能力很强,闻讯黄氏兄弟被收容,他们早已外逃。

"砺灰壳"船老大和他们的家属都说:"我们再也不

准他们做这些'昧心生意'赚违法钱了。"

就在钱库区"扫黄"取得重大进展的时候,乐清县北白象镇传来信息:群众举报北白象镇的淫秽扑克和画册是几个平阳人贩来的,其中一个叫驼背佬,一个叫矮佬,一个叫长佬。举报人还说这伙人有五六个,上次来时,还带着枪呢。

乐清县的有关领导十分重视这个消息。这个来自平阳的驼背佬,他究竟是谁?如果这人抓不住,黄源中的黄源就切断了,许多案子就无法攻破。

10月7日中午,叶三纯刚吃过中饭,床头边的电话铃突然响了。一个负责侦查工作的公安干警在电话那头报告说:"平阳的驼背佬、长佬在北白象镇上露面了。"

叶三纯放下电话,十分兴奋地跳下床,他连声说:"鱼撞网了,鱼撞网了。"

叶三纯立即带领公安干警林存贤等8人,赶到北白象镇的富强路。

叶三纯走进一家饮食店,他看见一个穿柳条衬衣的高个子,正装模作样地站在墙边看出售的服装。

叶三纯仔细地观察着他,断定此人就是长佬,他就走上前问高个子:"你是哪里来的?"

高个子吃惊地转过身:"我是苍南来的。"

叶三纯神情严肃地说:"我正找你。"

"我不认识你。"高个子拔腿想跑,可是他的一只手已经被叶三纯扭住。叶三纯制服高个子以后,把他交给另外一名公安人员。

这时,叶三纯发现有一个人乘店堂里混乱之际,向着门外走去。叶三纯感觉此人十分可疑,他一个箭步赶过去,把这个人拖回来。叶三纯问:"你是哪里来的?"

那人用普通话回答:"我和这里的事没关系。"

林存贤把他身上的衣服往上一拎,忽然叫起来:"老叶,这个就是驼背佬!"

果然,这个人的背是驼的。

经过审讯,公安人员得知:驼背佬叫吴帮顺,当年43岁,苍南县芦蒲镇芦蒲村人;长佬叫冯志岳,35岁,是芦蒲镇鉴后西村人。两人在8月份从外地运来6箱淫秽扑克,共1709副。这次他们是来讨欠下的49元债和联系下一次的"黄货"业务的。

叶三纯和他的战友们带着抓获的长佬和驼背佬,又驱车来到苍南,他们根据长佬和驼背佬的口供,在吴家抓住矮佬吴肖豹。

就这样,英勇机智的公安人员查清了北白象镇的淫秽画册和裸体扑克的来源,切断了本地黄源的来源。

1989年6月间,浙江省农民吴帮顺从福建省福鼎县贩来淫秽画册139本。吴帮顺将其中的40本随身携带到乐清北白象镇富强路,与丁爱玉和张爱芳两人联系后,即以每本11元的价格卖给丁爱玉和张爱芳。丁爱玉和张爱芳各买下20本,丁爱玉又转卖给郑赛芬5本。

8月15日,吴帮顺来到福建省霞浦县利群旅社,与姓蒋的黄贩子面议贩卖淫秽扑克事宜后，他感到风险太大，即返家纠集冯志岳合伙贩卖淫秽扑克。接着，两人再次来到福建省霞浦县寻找姓蒋的黄贩子，并以每副扑克6元5角的价格买下6大箱扑克，共1709副。

随后，吴帮顺和冯志岳将这批扑克搭船运到北白象镇。吴帮顺一人携带99本淫秽画册来到丁爱玉家，丁爱玉立即叫来张爱芳、林仁雪、郑赛芬等7人一起分赃。

短短4天的时间，吴帮顺、冯志岳两人净赚650元。

就这样，这批淫秽物品经过这些二道、三道黄贩子，悄悄地流向全国。

吴帮顺及其同伙被一网打尽以后，他们都受到法律的制裁。其中，吴帮顺被判处无期徒刑，剥夺政治权利终身，其他"贩黄者"也都被判刑。

在监狱里，吴帮顺满脸泪水，无限悔恨地说："十年改革，人人都加入竞争富裕之道，我为了摆脱贫穷，却选了'贩黄'之路，成了人民的罪人，不仅害了我自己，也害了后代，我的罪千古难洗，这都怪自己不懂法呀！"

1989年10月，止值菊花盛开的金秋时节，浙江省苍南县金乡中学的广场上人山人海。10日7时，警察从囚车上押下苍南县金乡"黄潮"的"创始人"夏建国。

由夏建国发起的两个伪造单位，发出录像带业务信函3万多封，收款10万余元，涉及全国28个省、市、自治区。从他手中向全国发寄的格调低下、淫秽的录像带已难以统计，对社会造成的危害也难以估量。

此时，夏建国并没有完全认识自己的罪行，他仍然心存侥幸，看到他母亲正在伤心地哭泣，他若无其事地喊："妈妈不要哭，请你去告诉吴丽雅，叫她等我三五年。"

吴丽雅是夏建国的未婚妻。夏建国猜想自己这次最多判刑5年，因此，他的神态十分轻松，他还对自己的将来充满信心。

公判大会开始以后，当苍南县人民法院院长用洪亮的声音宣布判处夏建国无期徒刑时，夏建国惊呆了。他忍不住大声叫起来："判错了，判错了，我只能判3年。"

苍南县居民夏德忠非法经营额也高达9748元，他带上妻子逃到广州避风去了。当得知政府宣布坦白从宽的政策以后，他立即赶回苍南，向县公安局投案自首。公安人员经过认真审理，对他们进行了宽大处理。

在苍南县，像夏德忠这样主动认罪的制黄、贩黄人员还有很多。全县第二期"扫黄"学习班原只通知25人参加，结果到了34人。其中6人是主动要求参加学习、交代问题的。

苍南县金乡99名黄贩子分别参加了县镇举办的法制学习班，他们都在深刻地反省自己走过的犯罪道路。

曾经从事制黄、贩黄的陈加杭和陈相玄开始还有些想不通。他们认为自己发征订单，收款发货，非偷非抢，有什么罪？

针对这种心理，法制学习班的老师给他们讲述了许多人因为看黄色录像而走上犯罪道路的例子。一个个因为看黄色录像、黄色书籍而走上自我毁灭道路的悲惨故事，让陈加杭和陈相玄原本麻木的灵魂受到极大的震动，他们没有想到制黄、贩黄行为会给社会造成这样巨大的危害，会引诱这么多人走上犯罪道路。

在铁的事实面前，陈加杭和陈相玄低下了头。他们羞愧地说："贩黄就是贩毒。用'精神毒品'毒害人民，这难道不是犯罪吗？"

陈加杭和陈相玄内心在忏悔，悔恨自己走过的路。他们主动交代自己非法销售录像，收款1万多元的经过，还自觉地接受7500元和8000元的罚款。

尽管如此，陈加杭和陈相玄仍然因为欠下社会一大笔债而深感不安。他们终日吃饭不香，夜不能寐。

后来，陈加杭和陈相玄经过商量，他们决心以实际行动向社会认罪。于是，他们十分认真地写下忏悔书，向订货单位、个人表示忏悔。他们还在忏悔书中这样写道：

> 凡已订购我们录像带的，请你们自行销毁，不要再流毒社会；凡收到我们所寄的这类订单的，请你们帮助焚烧；已向我们汇款购买的，我们不再发货，将立即退回原款。

陈加杭和陈相玄把忏悔书写好后，"扫黄"学习班学员吴绍律、郭智渺等10人也赶来签上自己的名字。他们到印刷厂印了1万份，很快将这1万份忏悔书发往全国各地。

首都各界座谈揭露黄毒危害

1989年10月13日，全国整顿清理书报刊和音像市场工作小组，召集首都教育、出版、公安、妇联等有关各界人士召开座谈会，揭露淫秽书刊和音像对青少年的危害。

北京市汇文中学副校长王常祉发言说：

青少年处在长知识、长身体、世界观尚未形成的时期，可塑性强，但自制力差；模仿力强，但分辨力差。因此，黄色书刊、音像对青少年的影响极为严重。

他指出：青少年受坏书毒害后，很难自拔。我们不仅要清查校园内的黄书，更要进行正面教育，提高青少年的政治思想、品德素质和审美能力，不断丰富青少年的课余生活。

北京市教育局政教处副处长董柏林发言说：

有一些"视线外学生"——即在校表现较好，被认为不会学坏的孩子——也受了坏书的影响。有个共青团员，还是北京市连续三年的三好学生，就毁在一本坏书、一盘黄色录像带之中了！社会上坏书和黄色出版物的泛滥严重干扰了学校的政治教育、思想教育和人生观教育。学校教育学生要追求理想，坏书却教他们追求拳头、枕头。难怪家长要说"教师育人、坏书毁人"了。

他指出，所以我们要提倡育人的精神产品，禁止毁人的东西泛滥。我们希望党中央、国务院能采取具体措施，鼓励文学艺术工作者多为孩子们写好书、谱好歌。

北京市朝阳区工读学校副校长谭朴说：

看着孩子们一份份受淫秽书刊、录像带毒害的交代材料，听着孩子们受过教育幡然悔悟后对坏书血和泪的控诉，我们对那些出版、发行、销售黄色书刊与录像带的单位和个人无比愤慨。

谭朴举例说，17 岁的男孩子小李，曾经是学校团委委员、学生会主席。他小学、初中时成绩优异，多次被评为市、区级三好学生。然而读了一些黄色书刊之后，他完全被书中的淫乱情节迷住，读了一遍又一遍，"试一试"的念头日趋强烈。自此，小李完全变了。一年多的时间里，被他猥亵、污辱的女生竟达 8 名之多。一个本来素质很好的孩子就这样堕落了。

北京市少年犯管教所所长周德钧指出：

淫秽色情书刊、音像是如何毒害青少年的，我们劳改劳教工作人员的感受十分深刻。北京市18岁以下的未成年人中，犯有流氓、卖淫、强奸、轮奸等性犯罪的情况触目惊心……还要指出的是，宣扬凶杀暴力的书刊、影像对青少年的毒害也很大。1982年，少管人员和少年犯中，持械抢劫和伤害的仅占犯罪总人数的2%，1987年以后增加到16.4%。一些青少年模仿江湖义气、哥们义气，信奉"在家靠父母、出门靠朋友"和"胆小非君子、无毒不丈夫"一套，总想借群体的力量称霸一方。

北京市公安局治安处查禁科科长姜荣生指出：复制、贩卖淫秽录像案件逐年增多，1987年全市查获91起，1988年增加到129起，上升了42%。1985年以来查获的复制、贩卖、传播淫秽物品的4049人中，青少年占的比重较大，25岁以下的青少年达2400人，占59%。特别是中学生观看淫秽录像的案件逐年增多，1987年29人，1988年猛增为92人，上升2.1倍。青少年看了淫秽录像以后，中毒之快、中毒之深，是难以想象的。

北京市妇联常委、儿童部部长甄砚说：

这些年来，黄色的东西从手抄变成铅字，从地下转为公开，其为害程度令人发指。

甄砚指出：据调查，当前青少年的生理成熟期提前了。北京市女孩子初潮的平均年龄是 13.09 岁，男孩子遗精的平均年龄是 14.37 岁，均比全国的同类指标提前。相对来说，孩子们对青春期来临的心理准备却很不足，因而容易被"精神毒品"乘虚而入。

甄砚说，从我们对中学生进行的问卷调查来看，黄色书刊败坏了学风，诱发孩子们很早就热衷于交异性朋友。1983年以后，异性交友的年龄层次越来越低，比例越来越高，甚至一些小学高年级女生也卷进去了。现在，党中央、国务院终于下决心向腐蚀青少年心灵的"精神毒品"开刀了，希望一定要一抓到底，不能手软。

有人指出，书刊音像市场初步改观，但是还存在不少问题，还有隐患。前一阶段，在"扫黄"的威慑下，一些书摊不出摊了，或者把查禁的书刊暂时藏匿起来，准备风声过后再出来。也有少数人把公开活动转为地下交易。因此，我们要树立长期作战的思想，打持久战。很多人担心"扫黄"一阵风，扫一阵就完了，走过场。一些书摊也有经验，过去都是节前、重大活动前扫一阵，他们躲一下，过后卷土重来。这一次就是要改变过去的做法，一直搞下去，取信于民。我们现在各区、县的

"扫黄"办公室的机构不能撤，人员一个也不能走，不能松劲。要把坏书坏影视扫除干净，决不能半途而废。

国务院副秘书长、全国整顿清理书报刊和音像市场工作小组组长刘忠德最后总结说：

> 同志们谈到的事实还远远不是危害的全部，但已经使我们感到触目惊心。由此不难理解为什么党中央、国务院如此重视"扫黄"工作，为什么全社会如此关注，为什么每一位父母如此担心孩子会受到精神毒品的危害。从发言中可以听到全社会都在发出呼吁，绝不能让这种危害再继续下去了。

刘忠德指出，党中央、国务院最近决定在全国范围内开展整顿清理书报刊及音像市场的活动，这是贯彻党的十三届四中全会精神的具体措施，是精神文明建设的重要步骤，关系到能否保护青少年健康成长，关系到能否把他们培养成社会主义建设的合格接班人。

他说，这一个多月来，"扫黄"已初见成效。全国已收缴 5000 多万册淫秽黄色、凶杀暴力、封建迷信的书刊以及 40 万盒淫秽录像带；查处了 300 个制黄、贩黄团伙和 1800 多个有关犯罪人员，对其中罪大恶极的分子依法给予了最严厉的惩处。

但也应该看到，要取得更大的社会效益，尚需要更艰苦的努力。因为这是全社会的共同工作，单靠一个部门、一个单位是不能奏效的。

刘忠德说：

我们希望全社会的支持，把"扫黄"进行到底。特别要把集中一段时间的整顿清理与长远的治理工作结合起来，就是说要纳入法制的轨道，建立有关的长期机构。

他同时指出，光是把文化毒品和垃圾清理出来是不够的，同时更重要的是多给群众和广大青少年提供健康有益的文学艺术作品，用健康有益的文艺活动占领精神文明领域。我们寄希望于广大文化艺术工作者创作更多的健康文化食粮。

李瑞环说扫黄是长期任务

1990 年 2 月初，中共中央政治局常委、中央书记处书记李瑞环由中共福建省委书记陈光毅陪同，先后在厦门、石狮、泉州、三明、福州等地视察，听取基层干部和群众意见，发表了讲话。

李瑞环在福建视察时强调，"扫黄"和"除六害"要常抓不懈，精神文明建设要大力加强。

在石狮市，李瑞环看了街道、工厂，听了石狮市委关于"扫黄"和"除六害"的汇报。他说：

"扫黄"已取得很大成绩，"黄毒"一度严重泛滥的情况已经明显好转，特别是去年底开展"除六害"以后，"扫黄"同"除六害"紧密结合，对打击社会上的歪风邪气，净化社会环境和促进社会秩序的好转起了很大作用。

李瑞环说：

就全国来讲，"扫黄"工作发展并不平衡，有的地方还有"死角"；一些"贩黄""制黄"的人，因为有利可图，并没有死心，风声一紧转入了地下，一有机会还会出来冒险；境外敌对势力把"黄、赌、毒"作为麻醉、腐蚀人民斗志的一种手段，这次声势浩大的"扫黄"对他们是一个沉重的打击，但他们绝不会因此善罢甘休；随着改革开放的深入和对外交往的不断扩大，"黄毒"也会乘虚而入。所以"扫黄"是长期的任务，绝不能有丝毫松动。

李瑞环指出："黄毒"是"六害"的滋长条件，"六害"的蔓延又带来"黄毒"更加泛滥。"扫黄"和"除六害"工作必须紧密结合。他说，在"扫黄"和"除六害"中，要严格执行政策，努力繁荣文艺，用健康有益、群众喜闻乐见的文艺作品占领思想文化阵地。

在视察三明精神文明建设后，李瑞环说：

精神文明建设是建设有中国特色的社会主义的重要组成部分和根本保证。建设有中国特色的社会主义的根本任务可以归结为建设社会主义的物质文明和精神文明。而后者正是有中国特色的社会主义的重要特征。因此，精神文明建设必须下大力气切实抓好。

李瑞环指出：社会主义的精神文明建设，是坚持四项基本原则的精神文明建设，是在共产党领导下以马克思主义为指导的精神文明建设。它的根本任务是适应社会主义现代化建设的需要，培养有理想、有道德、有文化、有纪律的"四有"人才，提高整个中华民族的思想道德素质和科学文化素质。

精神文明建设的内涵，包括思想道德建设和教育科学文化建设两个方面，渗透在整个物质文明建设之中，体现在经济、政治、文化、社会生活的各个方面。他说：

> 资产阶级自由化的一个突出表现就是诋毁、反对社会主义精神文明建设。比如，只讲物质文明，不讲精神文明；只讲钱的作用，不讲精神作用；否定思想政治工作，否定人的作用，特别是否定党的领导和社会主义制度。现在我们大力提倡并致力于社会主义精神文明建设，正是反对资产阶级自由化的实际步骤。大量事实证明，凡是两个文明建设一起抓的地方，局势就比较稳定，经济发展就比较快，人的精神面貌就比较好。所以，精神文明建设必须大力加强。

李瑞环在福州听取陈光毅汇报省委工作后说，改革开放10年，福建发生了巨大变化：生产建设有了很大发展，人民生活有了显著改善，环境面貌有了明显改观，人们的素质有了不小的提高。

李瑞环强调说：

特别重要的是，这些成就为今后的进一步发展创造了很好的条件。这些变化，最根本的原因是省委坚决贯彻执行党的十一届三中全会以来的路线、方针、政策，坚持了四项基本原则，坚持了改革开放。没有改革开放，福建就不会有今天这样的局面。

他说，改革开放的潮流不可逆转，中央提出治理整顿是为了把改革开放搞得更好，有些治理整顿措施本身就是改革。改革开放对福建具有更特殊的意义。他要求机关干部要改变作风，深入基层，深入实际，深入群众，听意见，办实事，做宣传，把改革开放工作搞得更好。

3月24日，全国整顿清理书报刊和音像市场工作小组会议在北京召开。

国务院副秘书长刘忠德在会上说：

"扫黄"之举顺民意，得人心，已取得初步成效。

刘忠德透露：到1990年1月底，全国已收缴违禁书刊3100多万册、录音录像带150多万盒，取缔制黄、贩黄窝点2500多个。

刘忠德强调：

"扫黄"工作必须长期、深入地进行下去，绝不能松懈，更不能半途而废。

他说，当前要在继续做好报刊、出版社整顿压缩工作的同时，加强调查研究，着重抓好音像出版、复录和发行单位的整顿压缩工作。

新闻出版署副署长、全国压缩整顿音像单位办公室主任王强说：

目前音像业存在的问题非常突出，走私进口黄色音像制品、制黄贩黄和非法翻录活动一度十分猖獗。

当天的会议着重讨论了压缩整顿音像出版、复录和发行单位的问题，决定各地压缩整顿音像单位办公室成立后，立即开展调查研究，摸清底数并在此基础上做好这项工作。

5月19日至29日，李瑞环在广东省考察工作，深入到工厂、港口、农村、学校调查研究，与群众和基层干部座谈，了解精神文明建设情况，就坚持改革开放及"扫黄""除六害"等问题做了重要讲话。

李瑞环指出：

"扫黄""除六害"的工作已经取得很大成绩，得到广大群众的拥护，但必须看到任务的复杂性和艰巨性，必须认识到"扫黄""除六害"关系到社会的风气、全局的稳定，关系到党的威信、群众的情绪、改革开放的前途。要下定决心，常抓不懈，抓紧抓细，一抓到底，切实抓出成效来。

在考察肇庆、江门、中山、珠海、顺德、番禺、东莞等市县时，李瑞环对这些地方10多年来改革开放取得的成就给予了充分肯定。

李瑞环在视察珠海后，高度评价了珠海的城市建设成就。他说，城市的建设与发展，第一要重视城市规划，这是城市建设中最重要、最关键、最基础的工作。它决定城市的现在，制约城市的长远，影响城市的全局。第二要注意协调渐进。只有横向协调，纵向渐进，才能使城市持续稳定发展，避免比例失调，大起大落。第三要讲究城市科学。城市是一个极其复杂的有机整体，要把城市搞好，必须尊重客观规律，研究城市科学。

李瑞环在虎门镇还瞻仰了林则徐销烟池和虎门炮台旧址。他说，中国近代史是一部灾难深重、蒙受屈辱的历史，但又是一部人民反抗侵略可歌可泣的历史。我们要在全国人民，特别是青少年中进行近代史的教育，激发人们的爱国热情，振奋民族精神，同心同德搞好治理整顿、深化改革，为祖国"四化"大业团结奋斗。

10月17日，李瑞环在陕西省考察时就全国"扫黄"工作发表意见，他强调要把"扫黄"斗争引向深入，必须与"除六害"紧密结合起来。

李瑞环指出：

> 一年来全国"扫黄"工作取得了众所公认的成绩，有了一个良好的开端。但我们绝不能满足已有的成果，要保持清醒的头脑，正视当前存在的问题。特别要看到，一些地方不仅"制黄""贩黄"活动仍然存在，而且吸毒、贩毒等犯罪现象也时有发生。这些问题如不能及时有效地得到解决，无论对国家、对民族、对整个社会，还是对家庭、对个人，都将造成难以估量的危害。

他指出：

> 各级党政领导要有高度的责任感和紧迫感，充分认识"黄毒"是"六害"滋长的条件和基础，"六害"的肆虐又助长了"黄毒"的流传与泛滥。"黄毒"不扫，"六害"难除；"六害"不除，"黄毒"难禁。必须坚决采取有力措施，

加强统一领导，从工作部署、职责划分、力量配备上进行充实和调整，在实际工作中把"扫黄"与"除六害"有机地结合起来，协同作战，相互促进。

在讲话中，李瑞环特别强调，一些犯罪分子把"制黄"、"贩黄"和"贩毒"当成牟取暴利的手段，铤而走险，必须大张旗鼓地进行打击，绝不手软，并下大力气堵住"黄源""毒源"。

在集中打击的同时，要进一步加强法制建设，健全管理机构，把经常性管理的各项任务落到实处，以巩固"扫黄"与"除六害"的成果。

李瑞环于10月11日至17日由陕西省委书记张勃兴陪同，先后在西安市、汉中地区考察了文物保护工作，走访了农户，并就如何加强企业思想政治工作与部分厂长、党委书记进行了座谈。

隆重召开全国扫黄工作会议

1990年10月22日,全国"扫黄"工作会议在北京隆重召开。

李瑞环、李铁映、丁关根等出席了上午举行的开幕式。中央宣传部副部长、全国清理整顿书报刊和音像市场工作小组组长刘忠德在会上作报告。他在报告中指出:

"扫黄"工作中还存在着不容忽视的问题。老问题主要是"扫黄"工作还有死角,制黄贩黄的地下活动有些还没有彻底揭露打击,一些大案要案,还待依法审理和判决。

新出现的问题主要是两个:其一是今年春末以来,部分地区制黄贩黄的不法分子又重操旧业,而且活动更加隐蔽,更加狡猾。过去明令查禁的黄色出版物重新上市,有的被撤销的出版单位违法进行活动,甚至出版黄色出版物。其二是非法出版物抬头,来势甚猛,据不完全统计,这一段已经查获的非法出版的书刊达210多种。

这些问题不仅阻碍"扫黄"的深入发展,而且危及前段"扫黄"的成果,如不及时解决,会使制黄贩黄的浊流卷土重来。

10月24日，李瑞环在大会上作了重要讲话。李瑞环指出：

党的十三届四中全会前夕，邓小平同志语重心长地指出，"四中全会产生的新班子，要聚精会神地做几件使人民满意、高兴的事情。"

当时制黄、贩黄猖獗，黄毒泛滥成灾，广大人民群众强烈要求采取坚决措施铲除这种丑恶现象。以江泽民同志为核心的党中央体察民情，及时作出了在全国开展"扫黄"斗争的重大决策。党中央、国务院专门召开"扫黄"工作电话会议，进行了动员和部署，一场声势浩大的"扫黄"斗争在全国各地迅速展开，取得了众所公认的成绩。

"扫黄"斗争的逐步深入开展及其胜利，产生了积极的社会效果。

"扫黄"有利于精神文明建设，有利于改革开放和各项工作的顺利进行，受到全社会的广泛关注和普遍拥护。广大人民群众拍手称快，认为这是共产党为老百姓办的一件大好事。正如江泽民总书记最近说的："'扫黄'大得人心，大快人心！"

接着，李瑞环又十分严肃地指出：

"扫黄"斗争确实取得了很大成绩，有了一个良好的开端。但我们绝不能满足已有的战果，不能有丝毫懈怠。

对各级领导来讲，更要保持清醒的头脑，正视和研究存在的问题。从当前的情况看，"扫黄"斗争发展很不平衡，有些地方的工作比较薄弱，水过地皮湿，甚至还有未被触及的"死角"；有些地方一度收敛的制黄、贩黄活动最近又死灰复燃。

……

上面的这些分析，说明"扫黄"是一场长期的、复杂的、艰巨的斗争。我们要知难而进，树立起常抓不懈的思想。

李瑞环强调：

要实行集中打击同经常性管理相结合。集中打击，能广泛发动群众，震慑犯罪分子，有效地遏制黄毒的泛滥；经常性管理，能巩固集中打击的成果，把治标和治本结合起来。

李瑞环指出：各地的经验证明，凡是集中打击搞得比较彻底的，经常性管理也就容易上轨道；凡是注重经常性管理的，集中打击的效果就更加显著。鉴于当前书报刊和音像市场存在的问题，中央要求各地在今冬明春开展一次"扫黄"战役。

这次集中打击的重点是消除前段"扫黄"中的死角，打击重新抬头的制黄、贩黄活动，依法从重从快惩处一批顶风作案的罪犯，全面整顿非法出版物和音像市场。各地要根据中央的精神和本地的实际情况做好具体部署。在集中打击的同时，要进一步加强法制建设，理顺管理体制，健全管理机构，把经常性管理的各项任务落到实处。

接着，李瑞环指出：

> 广大群众是"扫黄"斗争的主力军，没有广大群众的积极参加，就形不成强大的社会力量，"扫黄"斗争就不可能取得重大的胜利。

李瑞环语重心长地说："现在离元旦、春节不远了，各地要抓紧做好活跃元旦、春节期间文化娱乐活动的准备工作，创造条件，让群众过一个欢乐、祥和、文明的节日。"

接着，李瑞环要求：

> 请同志们思考一个问题，像"扫黄"这样

千家万户都十分关心并且急切盼望解决的问题，中央一再强调要办好的实事，如果都解决不好，都办不成，广大群众会怎样看我们？那将会给党和政府造成什么影响，对整个党的工作将带来什么困难？

我想，只要从这样的高度来认识问题，就会看到这次"扫黄"成败在当前的形势下具有的特殊重要意义；就会看到这不仅仅是一项具体工作的得失，而且是对我们领导的决心和魄力，办事的能力和水平的一次检验。因此，这件事只能办好，不能办坏，只能坚持到底，不能半途而废。

请参加会议的同志回去后，把这个意思和这次全国"扫黄"工作会议的精神，向各省、自治区、直辖市党委，特别是主要负责同志做个汇报，希望他们进一步关注这件事情。

最后，李瑞环充满激情地说：

"扫黄"是功在当代、福及子孙的正义事业。在过去的一年里，参加"扫黄"斗争的同志们任劳任怨，不辞辛苦，做了大量的工作，这是"扫黄"取得很大成绩和出现当前好形势的重要原因之一。党和人民感谢你们的工作，历史将记载你们的业绩。

现在中央对"扫黄"工作进行了新的部署。我相信，只要各级领导进一步重视起来，只要同志们进一步振奋起来，齐心协力，乘势而上，就一定能把"扫黄"斗争不断引向深入。

继1989年"扫黄"风暴之后，从1990年冬到1991年春，在全国范围内又一次发动了声势浩大的"扫黄"行动。人们期待着一个繁荣健康的建设社会主义精神文明的社会文化环境会早日形成。

新闻出版社的一个评论员在文章中这样写道：

在党中央、国务院的直接领导下，1989年7月以来，在全国范围内开展的"扫黄"工作，是一场净化文化环境，净化亿万青少年生存环境的斗争，大得人心，大快人心。

……

法律，对于"扫黄"是个重要武器，对于犯罪分子有着巨大的威慑力。我国立法和执法机关，在过去的"扫黄"工作中尽职尽力，各自作出了应有的贡献。

……天网恢恢，疏而不漏。这不只需要严谨可行的法律规定，还需要强有力的执法机构和队伍，需要亿万群众的明察秋毫。

确定再次深入开展扫黄运动

1990年10月24日,当参加全国"扫黄"工作会议的同志列数一年来的战果时,中共中央政治局常委李瑞环提醒大家"不能有丝毫的懈怠"。

在座谈会上发言的有广东、陕西、山东、河南、辽宁省的负责人。出席座谈会的还有王忍之、高狄、朱穆之、刘忠德、于永波、艾知生、徐志坚、李彦等。

在中南海怀仁堂,李瑞环和中共中央政治局候补委员、书记处书记丁关根与"扫黄"战线的"前哨兵"们一起研究如何巩固成绩,以持之以恒的精神把"扫黄"斗争引向深入。

一度肆虐的"黄毒",经过各级领导和广大群众的共同清扫,有效地得到了遏制。广东,曾经是走私的通道,"黄毒"屡禁不止,这一年间却有了根本性的改变,"扫黄"得人心,顺民意。

有一个群众找到省主管部门说:"我看你们是真在'扫黄'啊!"于是画出一个黑"窝点"的地形图,使公安部门顺利破了案。广东的十大要案,其中九件是由群众举报的。

对广东等地党政主要领导高度重视"扫黄",李瑞环表示赞赏。他希望各地党政负责人,对这福及子孙的大业予以特别的关注。

　　青岛市委的领导为堵"黄源",亲自守候在码头上,以至"黄贩子"们不敢靠岸。山东地市一级大都建立了"扫黄"工作机构,并且提出"要像保护生态环境一样地保护文化环境"。各地代表介绍因省委领导重视而取得实效的经验,引起了与会者的赞许与兴趣。

　　打一仗,进一步。新闻出版署署长宋木文分析当前"扫黄"形势时提出,"制黄""贩黄"等非法活动与走私结合,组成了地下网络,是当前值得警惕的新动向。他建议,对某些大案要依法从重从快公开处理。

　　李瑞环插话说:

　　　我赞成大张旗鼓地处理,以造成强大的威慑力量。

　　发言的同志谈及"扫黄"工作中协调各方力量的重要。李瑞环说:意识形态、公检法,文的、武的,要结合在一起。

　　最后,李瑞环就一年来"扫黄"工作的成绩、重要意义及怎样把"扫黄"引向深入发表重要讲话。

　　"扫黄"功在千秋。丁关根重申当前形势下这一任务具有的特殊意义,希望与会代表从党与人民群众的关系,从社会主义制度优越性的高度加以认识,将这一斗争长期持久地坚持下去。

在全国"扫黄"工作会议上,大家总结了经验,分析了形势,部署了工作,决定今冬明春再次集中力量"扫黄"。这是一个进一步开展"扫黄"斗争的动员会、鼓劲会。

自1989年党的十三届四中全会以来,以江泽民为核心的党中央为加强社会主义物质文明和精神文明建设,办了许多实事。"扫黄"是其中很得人心的一件。

经过一年多来的努力,那些宣扬淫秽、色情、暴力、封建迷信的出版物和音像制品泛滥的势头,已经受到坚决的遏制。文化市场比过去干净多了,一些人特别是青少年被污染的心灵正在净化,人们对资产阶级价值观念以及腐朽思想和生活方式的危害性,有了深刻的认识。

"扫黄"斗争取得的胜利,充分表明中国共产党不愧是全心全意为人民服务的党,有决心、有办法兴利除害。同时还表明,我国实行的社会主义制度具有巨大的优越性,能够以这么大的声势、这么大的规模,采取这么坚决的措施进行"扫黄"。

"扫黄"斗争绝不仅仅是查禁几本坏书、几盘坏磁带的问题,而是在意识形态领域里社会主义思想对资本主义思想的一场斗争,也是无产阶级对资产阶级进行阶级斗争的一种表现。这场斗争关系到中国社会主义事业的成败和国家、民族的兴衰。

"黄毒"在较长时期里、较大范围内蔓延,有的地方十分猖獗,它是资产阶级自由化思潮泛滥的恶果之一。

反过来,"黄毒"蔓延又助长了资产阶级自由化思潮泛滥。"扫黄"斗争是反对资产阶级自由化的一个重要方面,也是加强社会主义精神文明建设的一个重要内容。

当时,有人指出:政治上的反动和品格上的庸俗往往密切相关,一些顽固坚持资产阶级自由化立场的人,就是"黄毒"的炮制者、鼓吹者。所以,我们要把"扫黄"提到反对"和平演变"、坚持社会主义方向的高度去认识和对待。

"扫黄"大会确定在1990年冬和1991年春再集中进行一次打击,是完全必要的。

大会结束后,《人民日报》发表文章指出:

"扫黄"斗争要常抓不懈。精神垃圾、文化糟粕不可能经过一两次突击就一干二净,不可能一劳永逸。这也像我们打扫庭院一样,既要有突击性的"大扫除",更要天天打扫,随时清理。广大人民群众是拥护和支持"扫黄"斗争的,做父母和当老师的,尤为关切。关键在于各级领导同志要体察民情,顺乎民心,高度重视,精心组织,有决心、有魄力办好这件功在当代、福及子孙的大事。

"扫黄"的目的是为了繁荣社会主义文艺。"扫黄"和繁荣相辅相成。只有坚决清除了精神垃圾,人民群众才可能有健康丰富的精神食粮。

各地既抓扫黄又抓文化繁荣

1990年11月4日,陕西省委、省政府一手抓"扫黄",一手抓"精神食粮"的生产,使文艺战线出现了少有的繁荣局面。

陕西省委、省政府1989年6月就成立了整顿文化市场领导小组,先后开展了多次"扫黄":查处"制黄""贩黄"违法犯罪分子的活动,查禁封存各类违禁书刊和录音带、录像带,压缩、取缔非法和有问题的印刷厂家,取缔查处违法、违章书刊、音像摊点,使文化市场得到了净化。

在抓"扫黄"的同时也抓"繁荣"。省里先后增拨150多万元用于全省文艺创作和演出。1990年5月,省里组织170多名文艺工作者赴延安,在当年延安文艺座谈会旧址举行纪念《讲话》发表48周年座谈会,省文化厅还制定了进一步繁荣艺术创作的"深入生活、艺术新作、新作上演、优秀作者、优秀演出、优秀评论、优秀科研、优秀组织"等八项奖励条例。

由于坚持"两手抓",陕西省文化战线出现了少有的繁荣局面。全省各专业文艺团体创作、演出空前活跃,好戏连台。

一年来,全省新创作的戏曲、歌舞剧及喜剧小品350

多台，其中搬上舞台的有近百台；省直属文艺团体共演出各类文艺剧目600多场，是1989年同期的4倍；1990年全省进京参加各类调演会演的剧目就有10个，在全国也是少有的；全省城乡民间业余艺术创作演出活动也十分活跃，农村比往年红火热闹。

全省10多个地（市）县1990年来，都举办了民间艺术节和民间艺术会演，演出各类剧目500多个；各地还创作了400多个新故事脚本和700多个戏曲和小品，全省60多个县收集民间故事11万多个、歌谣4万多首。三秦大地秧歌、锣鼓、高跷、龙灯、社火等艺术形式百花齐放、精彩纷呈。

一年多来，上海市委、上海市人民政府认真贯彻中央的部署，广泛发动群众，健全管理制度，进行综合治理，使上海的书报刊和音像市场得到初步净化，为繁荣出版事业、文化事业创造了一个较好的市场环境。

在深入"扫黄"的同时，上海市把主要精力用在抓繁荣上。为了支持文化事业的发展繁荣，市委、市政府近年来采取了一系列政策措施，对新闻出版、广播电视、文化、电影等部门实行了为期5年的经济承包和税收返还办法，把这些部门上缴的所得税全部返还，支持他们多出好书、好作品，进行技术改造，逐步改善生产、工作和生活条件。

上海市还设立了出版基金800万元，用于支持研究、宣传马列主义的图书和优秀学术著作出版；设立300万元书刊发行网点建设基金，扩大和改善图书销售网点；设立1000万元的印刷技术改造基金。

上海市要求新建居民新村和小区，必须以一部分成本建新华书店和图书馆。市委、市政府建立了文化发展基金，设立了社科研究成果奖和中长篇小说奖，还从1989年起每年拨出100万元支持和奖励优秀剧目。

上海市自1990年起连续三年每年拨出300万元支持优秀电影的创作和制作，还将提供1000万元贴息贷款支持电影创作。与此同时，对某些高消费的文化活动，上海开始增收特种文化消费附加税。

当时，优秀著作出书难的问题已基本解决，一批戏剧、音乐舞蹈等作品受到了群众的欢迎和专家、领导的好评。

各地坚持大力扫黄净化文化市场

1990年11月8日,青海省采取堵源截流等措施,使全省文化市场的管理向经常化、制度化、法规化转变。省内各州、市、地、县的文化市场已初步得到净化。

改革开放10多年来,青海省的经济突飞猛进。人们对8小时以外的业余生活也有了新的要求。但同时,青海文化市场出现了一些混乱现象,宣传色情淫秽、凶杀暴力、封建迷信的书报刊和音像制品泛滥成灾。

1989年以来开展的"扫黄"活动,有效地控制了"黄毒"瘟疫。一年来,全省自上而下地理顺了各州、地、县"扫黄"工作的管理渠道和职责范围,还专门成立了西宁市文化市场稽查队,采取了一系列堵源截流、把好源头的措施,巩固了"扫黄"工作的成果。

省市文化出版部门组织成立了西宁市书报刊发行协会,并由一些个体书商集资,挂牌成立了"西海书报刊发行社",使文化市场管理部门有效地控制了全省集体、个体书报刊市场的进货源,同时保证了集体和个体书商进书、售书渠道的畅通。

11月24日,海南省召开"扫黄"工作会议,海南省决定1991年春将再次开展清"黄毒"工作,以净化特区文化环境。

从1989年8月以来，海南省开展了大规模的"扫黄"活动，收缴了一批不健康书刊、非法出版物；收缴封存了一批淫秽、色情和非法录像带；查处了180多起传播淫秽物案件。一批"制黄""贩黄"者受到了刑事处分。

海南组织的"扫黄"集中行动将重点打击出版制作黄色书刊、音像制品的地下黑窝和地下发行网络；打击、取缔非法的出版物和全面整顿音像市场；依法从重从快惩处一批顶风作案，制黄、贩黄的罪犯；整顿文化娱乐场所，取缔色情和赌博活动。

另外，海南还将建立健全录像放映点、书报刊销售点、音像市场、电视片制作等管理制度。《海南省文化市场管理暂行规定》也将公布施行。

广东省委、省政府抓住"黄害"的活动规律，对症下药，取得了"扫黄"的显著成绩。他们的主要做法是首先堵境外"黄源"。

广东省的"黄毒"主源头在境外。通过多种渠道和手法走私进来的"文化垃圾"，不但类杂量多，而且渗透面广，毒害性大。

广州市在捣毁一批黑窝的同时，还注意抓大案要案，注意查市场、抓边区、扫死角，抓了一批流窜作案的"黄贩子"，大大净化了广州文化市场。

广东省除了在一个期间内，集中力量，扫荡"黄害"外，更注重加强经常性管理。不少县、区都建立了经常性的检查网、巡视网、监督网、教育网，这"四网"横向联络公安、工商、文化、广播、教育等部门，纵向深入街道办事处、居民委员会。1989年"扫黄"查获的案件中，有80%是通过这"四网"渠道发现和破获的。

一年多来，江苏省洪泽县坚持不懈抓"扫黄"，促进了精神文明建设。

一年多来，全县已收缴黄色书刊448册，查封违禁书刊300多本，收缴非法出版录音带224盒，查封色情、凶杀、恐怖内容的录像带24部，取缔非法录制品销售点9个，整顿了书刊销售、出租点和录像放映点。

湖北省1991年报刊发行工作出现好势头：主要报刊订数均有增加，主要党刊、理论刊物，以及青少年刊物发行份数较上一年有较大增长，其中有关青少年思想品德教育报刊的增长幅度尤为明显。健康的文学艺术类报刊，特别是《人民文学》《十月》《收获》等文学期刊，发行份数全面大幅度增加。

青少年刊物的大幅度增长，充分说明了广大青少年对"精神食粮"的需要是迫切的。通过"扫黄"，给他们输送内容健康、生动活泼的报刊，占领青少年的业余文化阵地，是当前报刊发行工作者的主要任务。

另外，私人自费订阅报刊的大幅度增长，是湖北省当年发行工作的又一特点。在私人订阅报刊中，生活、家庭、妇女、婚恋以及实用科技类报刊的增长特别突出。不难看出，广大人民群众在物质生活提高以后，进一步丰富精神文化生活已是当前的主要潮流。

除此以外,有关农村科学种田、致富的报刊,由于采取了对口宣传等措施,这类报刊的发行份数也有大幅增长。

1991年2月10日,全国"扫黄"工作会议结束后,各地"扫黄"战报频传。至1990年底,仅北京、上海、天津、甘肃、湖南、湖北、海南等地在两个月内就查处大案要案16起,并结案12起。

全国"扫黄"工作会议以后,各省、自治区、直辖市党委和政府认真贯彻会议精神,积极行动,注重落实,推动了"扫黄"斗争的进程。

北京、上海、天津、甘肃、海南等地加快对"制黄""贩黄"案件的处理工作,分别公开审理了一批已查获的大案要案。

北京市宣武区人民法院1990年10月30日召开宣判大会,依法公开审理一起制作、贩卖淫秽图书案,主犯李秀荣、李庆德被判处无期徒刑。上海市对查获的4起制作、贩卖淫秽图书案也依法进行了审判。天津市对伪造公文印章进行非法出版案犯李玉平判处有期徒刑8年。结案工作加快,破案工作也有加强。甘肃省破获了两起"贩黄""传黄"案件。

各地开展的集中"扫黄"行动尽管时间短,但收缴了一大批淫秽、色情和非法出版物。甘肃省在一次突击检查中,收缴、封存非法出版和违章经营的塑料薄膜年历画 30 种、12 万张，宣传封建迷信的卡片 3400 张。

上海市在一天的集中检查中，收缴违禁书刊 14020 册、音带 3107 盒、录像带 133 盒，取缔无证书摊、书贩 157 个。

大连海关自集中"扫黄"以来，共堵截反动书刊 1300 多份、黄色录像带 300 多盘。

广东、海南、浙江、福建、湖南、湖北等地都收缴了一批违禁出版物。

在集中"扫黄"的同时，各地纷纷对文化市场加强管理。四川、河南、吉林、黑龙江、西藏等地制定和完善了有关条例。陕西、浙江、山西、湖南、江苏、河南等地加强了新闻出版管理机构的建设。一些地方设立了专职文化稽查队伍。

四、 树立文明新风

● "老人扫黄队"的领队老殷十分自豪地说：今天没有发现"黄货"和非法书刊，如今的金乡文化市场基本干净了。

● 金乡镇副镇长林邦川十分欣慰地说：奖金对富裕的金乡人来说微不足道，重要的是倡议书引起了热烈反响。

● 李瑞环十分高兴，连声称赞说：好！好！这条路走得好。

青岛采取措施巩固扫黄成果

党的十三届四中全会以来，中共青岛市委、市政府根据中央和山东省"扫黄"工作的部署，充分发动群众，在全市范围内大张旗鼓地开展了几次集中"扫黄"斗争，取得了显著的成绩。

截至1991年年底，全市共查封收缴各类违法书刊92万册，录音、录像带9万多盘，查出放映、制作、贩卖淫秽物品案件340起，违法分子990人。

1991年上半年以来，青岛有关部门根据群众的举报，组织力量连续破获了13个非法复制、出售录像带地下窝点，还顺藤摸瓜查处了一批涉及20多个单位近百人的复制、传播、观看淫秽录像带案件。流窜在外一年多的贩卖淫秽书刊的重大罪犯李满田也被抓获归案。

春节前召开公审大会，一批"制黄""贩黄"分子受到了严厉打击。青岛"黄毒"泛滥的现象得到有效遏制，社会环境得到一定净化，人民群众的"拒黄"能力进一步增强，书刊和音像制品市场也比以前干净了。

青岛市"扫黄"工作取得比较显著的成绩，是因为市领导把"扫黄"当做功在当代、福及子孙的大事来抓。

当时，青岛市委充分认识到，"扫黄"是为建设有中国特色的社会主义创造良好的社会环境和文化环境的一个重要手段,因而一直把"扫黄"当作一件大事列入议事日程,先后召开了十多次市委常委会议,专题研究、布置"扫黄"工作。

市委主要领导同志对"扫黄"工作亲自动手,抓得紧、抓得实。在查处卢向宁案件过程中,正在北京学习的市委书记郭松年看到简报后,立即指示有关部门严肃处理犯罪分子,表彰办案人员,并对案件的查处工作亲自过问,及时给以指导。

几次"扫黄"突击行动,市委、市政府领导同志都亲临第一线。市委对各种表彰会一向控制严格,却破例召开了全市"扫黄"工作表彰大会,大张旗鼓地表彰了35个先进单位和204个先进个人。

由于市委反复强调"扫黄"工作的重要意义,全市各级党政领导纷纷带头行动,组织社会各方面力量参与"扫黄"工作。市委研究室花了一个多月的时间,调查了几十个书摊和十几个部门,写出了有分析有建议的调查报告,给"扫黄"工作提供决策参考。

"扫黄"斗争一开始,青岛市就注重建立一支高素质的"扫黄"工作队伍,成立了市新闻出版文化工作领导小组。领导小组下设办公室。

领导小组及其办公室有职有责、有权威,在组织和协调公安、工商、广播电视、文化、税务、出版等部门开展工作时,能随时拉出一支反应灵敏、动作协调、工作效率高的队伍。

在第一次"扫黄"高潮中,办公室从各职能部门抽调20多名同志组成一支专业队伍,大家集中一处办公,各部门既分工,又合作,办事不扯皮,不推诿,协调一致地开展工作。

他们克服了许多困难,主动出击,迅速收缴淫秽和不健康书刊80多万册,查处贩卖淫秽录像带案件120余起,有力地打击了犯罪分子,基本扭转了"黄毒"泛滥的局面。

青岛市委还十分重视动员广大群众参加"扫黄"斗争,用市委书记郭松年同志的话说,就是发动千家万户都来清除社会公害,组成浩浩荡荡的"扫黄"大军。

他们运用电视讲座、电台广播、报纸开设专栏等形式向人民群众宣传"扫黄"工作的重大意义以及"黄毒"的危害。各基层单位利用黑板报、宣传栏、标语口号、文艺演出等多种方式进行宣传。

全市还印发了《深入开展"扫黄"斗争——致人民群众的公开信》,使"扫黄"工作做到了家喻户晓,逐步形成了"嗜黄可耻,拒黄光荣,贩黄有罪,扫黄有功"的风气。市委还因势利导,组织群众参加"扫黄"活动。一些大的集中"扫黄"行动,许多中小学生都积极参与,查缴不健康的书刊,有不少街道居委会老太太都上街检查"黄书"。

有的群众冒着被打击、被报复的危险,主动向稽查人员提供犯罪分子的动向、藏匿的地点,有的群众不辞辛苦，帮助公安机关监视犯罪分子的住所。两年来，群众积极写信、打电话检举揭发不法分子"贩黄"活动的达400多次，许多重大案件都是由群众举报破获的。

对"制黄"、"贩黄"分子严厉打击，绝不手软。青岛市委在"扫黄"工作中，对大案要案抓住不放，一查到底，对犯罪分子从严惩处，不枉不纵，使"制黄""贩黄"活动受到"伤筋动骨"的打击。

贩卖淫秽书刊的重大罪犯李满田、非法复制和贩卖音像制品的卢向宁等人，一度脱逃在外。市委主要负责同志亲自过问，有关部门采取果断措施，将其抓获并移交司法机关追究了刑事责任。对传播、复制、观看淫秽录像的人员，视情节轻重，分别依法给予处罚，绝不姑息迁就。对一些情节较轻的不法分子，公安和工商部门给予治安处罚和经济处罚。

抓"扫黄"和抓繁荣两者缺一不可，只有搞好"扫黄"才能为繁荣社会主义文化事业廓清阵地；只有繁荣文艺，活跃群众文化生活，才能巩固"扫黄"的成果。在深入"扫黄"的同时，青岛市委把工作的着眼点放在抓繁荣上，坚持"两手抓"方针，努力丰富人民群众的文化生活。

市委大力扶持优秀图书的出版，把多出好书作为出版工作的中心任务，出版了一批像《英中医学辞海》这样的在全国获奖的好书。通过组织各种知识竞赛，在青年学生和职工中广泛开展读书活动，全市职工读书小组近两万个，专业文艺团体积极开展文艺创作，繁荣文艺舞台。青岛话剧团创作的《海边有个男儿国》等 5 出戏进京会演受到了好评。

市委、市政府注意在硬件、软件方面为广泛开展群众文化活动创造条件，拨专款建立了一批街道文化活动站，大队、乡镇、市区建立了三级群众文化网络，群众文化活动做到了全年不断线。

全市组织的职工艺术博览会、民间艺术大赛、交谊舞大赛、青岛之夏艺术节、卡拉 OK 大赛、歌咏大赛及各种体育比赛等活动，深受群众欢迎。四方海云庵糖球会、台东萝卜会、胶州秧歌会、即墨老酒节、平度葡萄节、青岛啤酒节等民间传统艺术活动，吸引了大批群众踊跃参加。青岛市还是国家体委评选的全国职工体育先进城市。

这些丰富多彩的群众文化体育活动的蓬勃开展，对"扫黄"成果的巩固起了重要作用。

金乡老人扫黄队按时上岗

1989年开始的声势浩大的"扫黄"斗争,在中国文明史上写下了光辉的一页。那些"黄灾"泛滥地区的人民在几番风雨过后,开始以清醒的头脑、百倍的努力,向着建设健康、繁荣的文化市场的道路上迈进。

1991年元月4日9时,天气十分寒冷,许多人都待在家里,不愿外出。然而,那些臂戴红袖章的浙江省苍南县金乡镇"老人扫黄队"却又按时上岗了。他们走遍金乡镇9家个体出租书摊和书店,仔细查看各种书籍的内容,一直忙到12时才检查完毕。

领队的老殷十分自豪地说:

今天没有发现"黄货"和非法书刊,如今的金乡文化市场基本干净了。

金乡镇的"老人扫黄队"成立于1989年8月,当时全国各地正在开展声势浩大的"扫黄"斗争。老人们主动请战,每天上街检查,登门向群众宣讲"黄货"的巨大危害。

起初,一家出租书店的店主对老人们的态度十分生硬,可老人们毫不在意,他们十分认真地向这个店主讲解淫秽书籍对社会的危害，店主在思想上受到很大的触动，他主动与老人配合，清查了黄书。

如今这家书店只卖内容健康的书籍，深受当地读者的欢迎。

元月5日，有人在金乡镇委的大门口贴出一张《倡议书》，群众都深感好奇，纷纷驻足观看。

《倡议书》中这样写道：

倡议在我镇青少年中广泛开展"购好书，读好书，反黄书"活动。

凡向镇供销社书店购书的，每本发给一张纪念卡，年底按购书数量、阅读程度以及在读书活动中涌现出的生动事例，采取读者自荐和组织社会有关人士联评的办法，评选出一、二、三等奖若干名。

倡议人：郭永卫 林敬耀

吴绍国 董德华

经过调查，这份倡议书是4个人一起写出来的，4位倡议人都是金乡的年轻专业户。

他们看到前些年一些不健康的书刊影响了青少年的身心健康，使有的青少年误入歧途，感到十分焦急。1991年元旦刚过，他们聚在一起，提出了出资兴办一个

"读好书奖"活动的设想。

金乡镇副镇长林邦川十分欣慰地说：

> 奖金对富裕的金乡人来说微不足道，重要的是倡议书引起了热烈反响。反映出金乡群众在"扫黄"后增强了辨别是非的能力，并有正确的选择。

这份《倡议书》在金乡镇引起强烈的反响，许多人看完倡议书以后，都深受触动。

据金乡供销社书店经理介绍，《倡议书》贴出后的几天时间里，店里一些政治、哲学、文学、艺术等好书就变得十分畅销，有的书一拆包就卖光了。

树立文明新风

扫黄行动彻底改变温州面貌

1991年5月14日16时,中央政治局常委李瑞环风尘仆仆专程从温州赶到金乡视察。李瑞环一行人登上狮山,来到浙江省第一个有线电视站,即金乡有线电视站。

李瑞环怀着极大的兴趣问电视站站长郑光森:"能播几个频道?有多少户能看到有线电视?"

当李瑞环听到郑光森说居民能看上8个频道的节目,已开通了3500多户有线电视时,十分高兴,连声称赞说:"好!好!这条路走得好。"

1991年年初,大规模"扫黄"斗争过去以后,金乡这个拥有2.5万多人口的古镇一下子变得冷静萧条了,生意也清淡了,金乡镇委、镇政府认为:这不是"扫黄"的目的。

于是,如何丰富人民群众的文化生活,加强精神文明建设,巩固"扫黄"成果就成为金乡镇委、镇政府急需解决的问题。

20世纪90年代的第一个春节刚过,温州市广播电视局局长王增振和苍南县广播电视局局长温怀智就赶到金乡,他们与镇委、镇政府领导一起商量如何丰富金乡人民的文化生活这个问题。

王增振和温怀智都认为:办文化中心固然需要,但文化中心只能集中在一个地方,有线电视却可以深入到每个家庭。它不仅是党和政府的宣传工具、喉舌,还是传递各种信息和文化娱乐的工具,完全符合国务院提出"一手抓扫黄,一手抓繁荣"的方针。金乡镇委、镇政府的领导都很赞同这个观点。

几位领导经过商量,当即决定:集中资金,集中力量,先创办有线电视。温州市广播电视局拨出5万元资金支援金乡镇创办有线电视站。

政府决定创办有线电视站的消息很快就在金乡镇传播开来,金乡的人们都深受鼓舞,他们都十分激动地说:"政府为我们办实事来了,我们一定要支持。"

很快,全镇就集资86.4万元,用于创办有线电视站。

3月中旬,经有关部门批准,金乡有线电视站破土动工了。它是东海之滨第一个有线电视站,一期工程只用了43天时间就完成了。

1991年元旦,是金乡人们的大喜日子,金乡有线电视正式开通了。

当天,许多人都买来鞭炮,既是在欢庆元旦,更重要的是庆贺有线电视的正式开通。

从这一天开始,金乡镇的人民每天都可以看到中央电视台一套、中央电视台二套和浙江、云南、贵州、新疆、温州、平阳等8个电视台的精彩节目,他们的文化生活变得更加丰富多彩。

有线电视开通后,金乡镇的社会治安状况明显好转,赌博,打架的人少了,再也没有人挖空心思去寻找海外片和黄色录像带了,"黄货"在金乡镇失去了市场。全镇800多台家庭录像机都受到前所未有的冷落,许多人干脆把价值昂贵的录像机减价处理,有的干脆送给了外地的亲朋好友。

夜幕降临,金乡镇狮山园中传出阵阵弦歌声。这是金山镇戏剧协会正在赶排京剧《秦香莲》。一个记者曾经来到金山镇采访,并且观看了金山镇戏剧协会的京剧演出。他在文章中这样写道:

> 1988年初,金乡"黄货"泛滥之际,戏剧协会想举办一个京剧培训班,却无一人报名。"扫黄"后,他们又举办了培训班,想不到人满为患,结果择优招收了18名青年学员,随后一批健康向上的传统戏剧,陆续出现在金乡的舞台上。
>
> 协会里有一位姓张的青年,过去因为"嗜黄",身心受害,整天游手好闲。进了戏剧培训班,他每天晚上到山上排练,走上了正道。

金乡镇这个昔日"制黄""贩黄"的发源地,以崭新的形象出现在人们面前。

大"扫黄"之后,金乡在变,其他地方也在变。温州文化市场,早已变得焕然一新。在温州文化市场,再也看不到"文化垃圾"的踪迹。

本书主要参考资料

《大扫黄》余任编 团结出版社

《中国大扫黄》张秀平编 群众出版社

《铁血警魂》周力军编 中国文联出版公司

《共和国要事珍闻》郑毅 李冬梅 李梦主编 吉林文史出版社

《中国大决策纪实》黄也平主编 光明日报出版社

《中南海三代领导集体与共和国政法实录》严书翰主编 中国经济出版社